GW01418682

7 juin 99
Avion Nice + Hélico → Monaco...
(quelle vie hein ?)

Chère Nina.
Et voilà, le temps a passé vite
et assez délicieusement en ce
dimanche d'anniversaire de
Gaël – le déjeuner-gâteau fa-
-milial côté maman — et après
l'avoir accompagné à son
car le soir j'ai oublié de vous
appeler. Mais comme j'ai eu
ta "courte" lettre entre temps j'é-
-tais un peu rassurée sur le
fait que Guillaume rechigne
lui-même au tripotage de ses
cordes vocales.
Je tiens à te dire tout de suite
en te remerciant très fort d'avoir
pris la peine de préparer le terrain
avec ton amie qui s'occupe

le 15 Juillet 98

chère Anny,
Depuis ta première lettre
de crème, et la seconde
ce matin, je crois que c'est
ici le premier moment
« d'arrêt sur mirage ». – J'ai
pris le temps de te lire,
de penser très fort à m'asseoir
pour te répondre, et puis
Voilà ! Week-end avec
passages d'amis/"clients"
et maintenant depuis
8 jours ma mère, que je
ramène à Paris demain.
Pour une femme de

Anny Duperey
Nina Vidrovitch

DE LA VIE
DANS SON ART,
DE L'ART
DANS SA VIE

LETTRES

Éditions du Seuil

TEXTE INTÉGRAL

ISBN 978-2-7578-1511-3
(ISBN 978-2-02-087387-1, 1re publication)

© Éditions du Seuil, octobre 2008

Le Code de la propriété intellectuelle interdit les copies ou reproductions destinées à une utilisation collective. Toute représentation ou reproduction intégrale ou partielle faite par quelque procédé que ce soit, sans le consentement de l'auteur ou de ses ayants cause, est illicite et constitue une contrefaçon sanctionnée par les articles L. 335-2 et suivants du Code de la propriété intellectuelle.

Mettre un peu d'art dans sa vie et un peu de vie dans son art... Le théâtre est fait de toutes les douleurs et de toutes les joies du monde. Rien n'est faux. Il suffit d'avoir un peu la foi et tout devient réel. Il faut y croire... N'oubliez jamais, c'est quand le rideau se lève que votre vie commence, il ne tient qu'à vous qu'elle continue une fois le rideau baissé. Pour cela, il suffit, après avoir cru à vos personnages, de croire un peu en vous...

Louis Jouvet dans *Entrée des artistes*
Dialogues de Henri Jeanson

Nina Vidrovitch

Née en 1930 à Barcelonnette, Nina est issue, du côté paternel, d'une famille juive russe d'Odessa. Du côté maternel, elle vient d'une famille juive alsacienne qui fit le choix de la France en 1871, et d'une famille normande.

Pendant l'occupation allemande, à Paris, entre douze et quatorze ans, elle s'entraîne à dessiner d'après modèle à l'Académie de la Grande Chaumière à Montparnasse, alors qu'elle est devenue une enfant pourchassée par les nazis : après la mort de son père en 1942, l'arrestation et la déportation de son grand-père Weill en 1943, et le suicide de son grand-père Vidrovitch, elle est cachée chez Paul Minot, grand résistant, qui sera après la guerre président du conseil municipal de Paris et à l'origine, avec Jean Mercure, du Théâtre de la Ville.

Elle apprend à dessiner en 1948 et 1949 dans l'atelier de l'affichiste Paul Colin tout en menant ses recherches personnelles en peinture. Pour vivre, elle fait des masques pour le théâtre et aussi des masques décoratifs, ainsi que des pochettes de disques pour Erato. Un réseau d'acheteurs se met en place à partir de 1952-1953 en France et aux États-Unis. Préférant sa liberté, elle décide de vendre ses œuvres elle-même, évitant, à quelques exceptions près, de passer par l'intermédiaire des galeries. Elle s'installe en pionnière en 1965 dans le quartier du Marais, encore très populaire. Elle transforme en atelier deux boutiques sur cour au 46, rue Saint-Antoine à Paris dans le IVᵉ arrondissement : c'est L'Atelier-Galerie-Bastille-Marais, où elle habite, travaille et expose, ouvert à tout public.

Le théâtre est une composante essentielle de son inspiration : création de costumes et masques pour le groupe de Théâtre antique de la Sorbonne, le Schiller de Berlin et le Petit-Stanislavsky de Moscou. Elle participe comme décoratrice à la décentralisation théâtrale dans la lignée de Jacques Copeau.

Elle enseigne la peinture dans son atelier. À l'École nationale des Ponts-et-Chaussées et à l'École nationale supérieure des Télécommunications, elle fonde et pratique, pendant plus d'une décennie, un enseignement qui réconcilie l'ingénieur et l'artiste. Après avoir passé un CAPES d'arts plastiques en 1972 pour l'Éducation nationale, elle accomplit son idée de transmission, quelle que soit l'origine sociale ou culturelle de ses élèves. Durant toutes ces années, sa production ne connaîtra jamais d'arrêt.

Elle quitte Paris en 1992 avec son mari Guillaume Kergourlay dont les œuvres littéraires et dramatiques sont pour elle une source d'inspiration et s'établit définitivement en Bourgogne, dans le village de Bessy-sur-Cure. L'ensemble de ses peintures, environ six cents toiles, est actuellement répertorié pour un catalogue raisonné de l'œuvre.

Anny Duperey

Anny est née le 28 juin 1947 à Rouen, d'un père et d'une mère photographes, Lucien et Ginette Legras. Elle a huit ans et demi lorsqu'elle les découvre asphyxiés accidentellement dans leur salle de bains. Anny sera élevée par une tante, et séparée de sa sœur, née cinq mois avant l'accident.

Son parcours scolaire est une catastrophe, mais Anny lit beaucoup, écrit, dessine très bien et travaille la danse. Sa tante, femme intelligente dotée d'une grande liberté d'esprit, encourage ses dispositions artistiques, et l'inscrit dès l'âge de onze ans aux cours du soir des Beaux-Arts de Rouen. Elle y entrera comme élève à plein temps à l'âge de quinze ans, se destinant à la peinture. Toutefois, elle suit parallèlement les cours d'art dramatique du conservatoire. Deux ans plus tard, nantie de deux premiers prix de comédie classique et moderne, elle entre au Conservatoire de Paris, abandonnant les arts plastiques – les textes et le théâtre l'ont emporté sur la peinture, trop solitaire.

Dès l'âge de dix-sept ans, elle commence une carrière théâtrale. Puis au cinéma et à la télévision. Elle alterne ces trois pratiques sans sacrifier jamais le théâtre. En 1970, elle fait la rencontre de deux personnalités exceptionnelles qui seront ses « pères de théâtre » : Jean-Louis Barrault et Jean Mercure. Pendant douze ans, elle se partagera entre le Théâtre de la Ville, dirigé par ce dernier, et la compagnie Renaud-Barrault, pour diverses créations. Ensuite, elle continue à jouer dans les théâtres privés : Palais-Royal, Montparnasse, Antoine, etc.

La liste des films et téléfilms serait trop longue à citer : plus de deux cents, avec, entre autres, Jean-Luc Godard, Alain Resnais, Philippe de Broca, Sydney Pollack, Yves Robert, Claude Berri.

Pour la télévision, une mention particulière à une collaboration particulièrement riche pour les trilogies « Une famille formidable » avec Joël Santoni, sous la direction duquel elle a fait actuellement vingt-trois films.

Mais l'écriture lui a toujours été nécessaire. Sous forme, d'abord, de journaux intimes et de lettres, adressées principalement à sa tante, restée à Rouen. En 1972, celle-ci a enfin le téléphone et Anny perd du même coup *son* lecteur. L'envie lui prend alors d'écrire une histoire…

Ce sera *L'Admiroir*, publié aux éditions du Seuil en 1976, ainsi que les livres qui suivront, sous l'amicale houlette de Louis Gardel. *Le Voile noir*, dans lequel elle parle du choc dont elle souffre en silence depuis trente-cinq ans : la découverte, à l'âge de huit ans, de ses parents morts asphyxiés, marque un tournant important dans sa vie, donnant lieu à un extraordinaire partage avec les lecteurs.

Elle a vécu une quinzaine d'années avec Bernard Giraudeau, dont elle a eu deux enfants : Gaël et Sara.

Préface d'Anny

Pourquoi ce livre ?

Nous nous connaissions peu, Nina et moi, lorsqu'elle me proposa cette correspondance. Deux ou trois dîners avec nos compagnons respectifs, autant de visites à son atelier, m'avaient laissée sur une impression séduisante et forte, celle d'avoir affaire à des gens d'une extraordinaire intégrité morale et artistique. Des gens joyeux aussi, prenant la vie et leurs travaux à bras-le-corps. Je fus très frappée, notamment, de retrouver Nina à l'une de ses expositions, alors dans son Atelier du Marais, très amaigrie, la peau diaphane – elle avait perdu cinq kilos en la préparant. Je me suis dit que cette femme-là (juive, russe et normande : un mélange apparemment détonant !) n'y allait pas « avec le dos de la main morte », comme le dit cocassement un de mes amis, lorsqu'elle entreprenait quelque chose…

Nous nous appréciions et nous estimions beaucoup réciproquement, sans pour autant devenir intimes, lorsque nos vies, à l'une et à l'autre et dans le même temps, furent bouleversées d'une manière très différente.

Nina et son compagnon Guillaume, poète et auteur dramatique, quittaient Paris pour aller vivre dans un village de Bourgogne. Un virage radical pour des artistes

13

citadins. Un choix mûrement réfléchi, afin d'attaquer le plus sereinement possible la « dernière ligne droite » de leur vie, comme le dit joliment Nina dans sa première lettre (la première de ce livre, donc), mais grave décision qui n'allait pas sans appréhensions devant les bouleversements qu'elle allait induire.

De mon côté, séparée depuis peu du père de mes enfants, je venais de terminer d'écrire *Le Voile noir*. Tout à fait consciente d'avoir achevé là le « livre de ma vie », je craignais de ne plus jamais écrire de nouveau, de perdre ce besoin, fondamental jusque-là, de coucher des mots sur le papier pour traduire mes émotions en signes, de les poser, page après page, pour tenter de les partager. La peur de perdre la nécessité d'un de mes moyens d'expression les plus sensibles était angoissante.

C'est alors que Nina me proposa d'entamer une correspondance. Elle garderait ainsi un lien avec Paris à travers nos lettres, et moi un contact avec le papier, car – me dit-elle finement en dessinatrice expérimentée –, « tu verras, le *geste* d'écrire va te manquer… ».

D'emblée, dès la première lettre, les premières phrases, nous nous écrivîmes avec une franchise, une sincérité, une liberté de parole et de ton totale. Nous en fûmes surprises nous-mêmes !

Nina a une quinzaine d'années de plus que moi. C'est trop peu pour qu'elle soit un substitut maternel, un peu trop pour être une sorte de grande sœur. Pourtant, oui, elle représentait pour moi une aînée, une femme qui avait une certaine avance sur le chemin de la vie, une grande assurance dans sa démarche artistique. Je lui confiais souvent mes peurs, mes doutes, mes joies aussi. Elle m'aidait de ses avis, de ses conseils. Cela me faisait du bien de lui écrire. À elle aussi, sans doute,

14

puisque nos pages s'accumulèrent chez l'une et chez l'autre, au fil des années, jusqu'à remplir deux sacs de voyage de taille respectable.

Pendant tout ce temps (dix ans, à peu près), il ne nous est jamais venu à l'esprit que ces lettres puissent être lues un jour par d'autres. Jamais !

Or, voilà qu'un matin, il arriva un petit événement que j'ai envie de vous narrer, pour vous expliquer pourquoi nous est venue l'idée de ce livre – un petit événement, apparemment sans grande importance, mais qui me laissa durablement troublée…

Pour vous raconter cela, il faut que je remonte un peu dans le temps pour situer le contexte.

Entre mes vingt-trois et mes trente-cinq ans, à peu près, j'ai eu la chance de jouer plusieurs pièces au sein de la compagnie Renaud-Barrault. J'ai connu ainsi trois des derniers lieux qu'ils faisaient magnifiquement vivre, et inauguré sur scène les deux derniers : le chapiteau de bois des compagnons charpentiers de France à l'intérieur de la gare d'Orsay (souvenir merveilleux – le chef de gare détournait les trains pour ne pas nous gêner à l'heure des représentations !), et ce même chapiteau définitivement installé à l'intérieur du théâtre du Rond-Point (où il est toujours). Jean-Louis Barrault m'aimait beaucoup, et j'adorais travailler avec lui. Il m'a beaucoup appris. Il fut un de mes « pères » dans le métier. D'ailleurs, il m'avait dit plusieurs fois : « Si j'avais eu une fille, j'aurais voulu qu'elle soit comme toi – tu es ma fille de théâtre ! » Jean-Louis n'avait pas eu d'enfant avec Madeleine, leurs enfants, c'étaient leurs lieux, leurs créations. Madeleine, par contre, avait eu un fils, qui travaillait à l'intérieur de la compagnie.

Puis je m'en fus jouer dans d'autres théâtres, les années passèrent, nous nous perdîmes complètement de vue, pendant plus de vingt ans. Madeleine mourut, et Jean-Louis, quelques années plus tard. Je l'appris avec un pincement au cœur, mais je n'allai pas à son enterrement – la vieille sensibilité que j'ai à ce sujet me les fait fuir.

Par contre, quelques semaines plus tard, arriva à mon domicile une grosse enveloppe, avec l'en-tête d'un notaire…

C'est le petit événement dont je veux parler.

Dans l'enveloppe, il y avait le catalogue de « la mise aux enchères de la succession Renaud-Barrault ». Surprise, j'ouvris donc le catalogue en question, assez épais, et le feuilletai.

Ma surprise se mua rapidement en stupéfaction, puis en tristesse vaguement dégoûtée, lorsque je compris que TOUT était à vendre – livres, objets, meubles, souvenirs et affaires personnelles, toute une vie étalée là pour être dispersée, cédée au plus offrant. Le fils de Madeleine, sans doute homme de talent, mais qui n'avait jamais su se dégager de l'emprise de ce couple extraordinairement puissant, faisait table rase du passé avec une brutalité qui ressemblait à un règlement de comptes.

J'allais refermer définitivement le catalogue sans en achever la lecture, quand mon regard tomba sur ceci : « mise aux enchères de lots de lettres manuscrites signées de : »… S'ensuivaient une vingtaine de noms pour chaque lot. J'ai oublié la plupart d'entre eux, mais, dans le premier lot, je me souviens parfaitement avoir lu, au milieu de la liste : « Michael Lonsdale, Marguerite Duras… Anny Duperey. »

Petit choc.

D'abord, j'ai pensé : « J'ai écrit à Jean-Louis ?! Mais quand ? À propos de quoi ? » Je ne m'en souvenais pas du tout. Je n'avais pas travaillé avec lui depuis vingt-cinq ans, à peu près.

Ce n'est que dans un deuxième temps que m'apparut cette chose insensée : on vendait aux enchères une de mes lettres, écrite de ma main, et adressée par moi à Jean-Louis. Un inconnu allait acheter cette poignée de mots, tracés en toute confiance et intimité pour un destinataire qui n'était pas lui, et en devenir le propriétaire !

Il s'agissait sans doute d'un des rôles qu'il m'avait confié, mes propos ne devaient pas être d'ordre par trop privé – Jean-Louis, qui pouvait être assez charmeur avec les jeunes actrices, tout en adorant Madeleine, n'avait jamais eu une attitude ambiguë avec moi. C'était rassurant, mais tout de même, quelle étrange chose de savoir une de ses propres lettres détournée ainsi, achetée et lue par un quidam.

Toutefois, je me connaissais : je savais d'ores et déjà que je ne ferais rien pour la récupérer. Je ne me rendrais pas à la salle des ventes, je n'appellerais même pas pour me renseigner et savoir à qui elle appartiendrait. J'ai toujours été ainsi. Lorsque quelque chose me choque intimement, ou que je me sens attaquée, je n'ai aucun courage, aucune énergie pour me défendre. Une sorte de paralysie intérieure – on peut l'appeler aussi « pusillanimité », « paresse », « lâcheté » – me saisit, et je ne fais… RIEN.

Lorsque je racontais autour de moi ce qui n'était après tout qu'une anecdote, les gens ouvraient des yeux effarés. Ils n'avaient jamais entendu parler d'une chose pareille. Le plus souvent, cette sorte de mésaventure ne risquait pas de leur arriver, ils n'écrivaient jamais de lettres. Ce qui n'était pas mon cas, ni celui de Nina, nous qui, avec nos quinze ou vingt pages hebdomadaires, entretenions une correspondance digne du XIXᵉ siècle !

Si j'oubliai rapidement la missive à Jean-Louis – qui doit jaunir tranquillement dans un quelconque placard – le principe de la chose me laissa grandement troublée, et j'appelai un ami avocat pour lui demander ce qu'il en pensait. J'appris alors que toute lettre envoyée volontairement à quelqu'un, c'est-à-dire donnée de votre propre chef, appartient légitimement au destinataire, à lui et, légalement, *à ses héritiers*. Ainsi donc, et peu de gens le savent aujourd'hui, il peut être encore dangereux d'écrire, dans la mesure où vos écrits postés ne vous appartiennent plus. Le fameux « rends-moi mes lettres ! » n'est pas un cri obsolète des siècles précédents, il peut être, dans certains cas compromettants, toujours d'actualité !

Je parlai de tout cela à Nina bien sûr, et nous convînmes qu'il y avait problème. Si l'une ou l'autre venait à mourir – ou les deux – les lettres de l'une appartiendraient aux héritiers de l'autre, et inversement. Dans l'hypothèse où aucune de nous deux ne pourrait réagir (cela arrivera infailliblement un jour…), TOUT était possible. Et même si nos héritiers s'en débarrassaient, indifférents à leur contenu, cette masse de papier pouvait fort bien être récupérée et, allez donc savoir, vendues en lot sur un trottoir aux Puces – pourquoi pas ? Or il y avait toute notre vie là-dedans, espoirs, travail, chagrins, rapports avec nos hommes, nos enfants, nos colères, nos problèmes intimes jusqu'aux gynécologiques (rassurez-vous, on vous les a épargnés), tout.

Nina dit : « Il faut aller chez un notaire et faire un papier pour qu'on rende les lettres à l'autre, si l'une de nous vient à disparaître. » Fort bien. Elle le fit, je crois. Quand Nina dit quelque chose, elle le fait. Moi, bien sûr

– voir plus haut : « pusillanimité », « paresse »… – je ne le fis jamais, et le lui avouai, quelques mois plus tard.

De toute manière, le problème persistait, même si nos lettres étaient rendues à nos familles respectives. Qu'en feraient-elles ? Toutes ces pages resteraient après nous, pesantes (un sac de plus en plus gros, au fil des mois…), offertes, indécentes, encombrantes. Et pourtant, nous ne nous résolvions pas à les jeter. Non, on ne pouvait l'envisager. Nous nous étions livrées dans ces lettres avec une telle franchise, une telle honnêteté, qu'elles nous étaient précieuses. Que faire ?

C'est Nina qui eut la première l'idée que nous nous servions nous-mêmes de cette matière écrite et vivante pour en faire une petite œuvre. Après tout, cela allait dans le sens de notre vie d'artistes. Et nous l'avions clairement exprimé au long de nos écrits : toutes nos émotions, tout ce que nous vivons est utilisé, en quelque sorte recyclé, pour servir nos expressions artistiques respectives. C'est notre singularité. Après, ayant tiré de cette matière ce qui nous semblerait livrable au monde, nous pourrions peut-être faire un grand feu de joie du reste, sans avoir l'impression d'un gâchis ! Nous laisserions mon éditeur – amical complice depuis *Le Voile noir* – juger si cela valait d'être publié ou pas. Or il a aimé cette étroite imbrication entre nos vies professionnelles et nos vies privées – des vies d'artistes vues de l'intérieur. De là m'est venue l'idée de ce titre, emprunté à un dialogue d'Henri Jeanson.

Voilà donc pourquoi et comment vous avez ce livre entre les mains.

Je tiens juste à préciser que nous n'avons rien réécrit, rien trafiqué, rien adapté, même si nous avons énormément coupé de passages trop intimes ou sans intérêt pour un lecteur autre que nous-mêmes, et réuni parfois des extraits de plusieurs lettres, pour en faire une seule.

Inutile que je présente plus amplement Nina, vous découvrirez par vous-mêmes la force et l'originalité de son caractère, l'intégrité de ses avis.

J'ai pour ma part laissé certaines choses très personnelles, des soucis intimes, sans crainte de votre jugement et sans avoir le sentiment d'être indécente. Je ne sais d'où me vient cette confiance en mon prochain, en son regard fraternel ! Et certes, la merveilleuse aventure de partage autour du *Voile noir* m'a confortée dans cet état d'esprit : seules les circonstances et leurs détails sont différents, mais nos souffrances, nos joies et nos blessures se ressemblent, font écho, et nous rendent frères et sœurs dans ce monde, au-delà des mots et des apparences.

Je ne m'étendrai pas davantage. Je nous laisse la parole, si j'ose dire !

Septembre 1993

Très chère Anny,

Bien sûr que je te signe ce papier[1], par lequel tu pourrais prendre pour ce prochain livre ce qui est à toi : ma réponse à ton livre. Mais dans mon souvenir, je n'étais moi-même pas satisfaite de ma lettre car je ne suis pas sûre qu'on puisse partager véritablement cette sorte de cataclysme : tout au plus juxtaposer les déchirures.

Mais je ne suis pas à même d'en juger : la mort brutale de mon père est arrivée à une époque où régnait pour moi la loi du silence, imposée par les nazis. On ne pouvait pas partager, l'ordre des choses était ainsi.

Ce que je peux te dire, c'est que ni sur ton visage, ni dans ton attitude lorsque tu es venue à l'Atelier, rien ne pouvait faire penser à un désarroi prolongé, ni à un déséquilibre.

1. Anny Duperey avait demandé aux personnes qui lui avaient écrit à propos de son livre *Le Voile noir* l'autorisation de publier leurs lettres dans un ouvrage intitulé *Je vous écris*.

J'ai souvent pensé que ton deuil, en quelque sorte, t'a faite ou tout au moins forgée telle que tu es, un modèle pour beaucoup de femmes pour qui tu fais bien ce que tu fais et tu es bien ce que tu es.

Au moment où j'en suis de ma vie, je pense même que ta mère magnifiée – comme l'est pour moi mon père qui aura pour moi toujours l'âge de mon fils aujourd'hui, trente-huit ans – t'est plus bénéfique que beaucoup de mères vieillissantes – même merveilleuses, les mères sont des femmes face à une femme plus jeune, leur fille…
Maintenant, je veux te faire une proposition :

Nous changeons notre vie Guillaume et moi : besoin de recul, de garder le cap pour ne pas céder, dans la dernière ligne droite, à la fébrilité, pour « rester dans l'axe », comme disent les aviateurs. L'Art (et en ce qui me concerne la peinture) a subi des chocs : il est comme une peau de tambour, à cogner dessus n'importe comment, on la crève.
On s'installe donc en Bourgogne dans une maison achetée plutôt vilaine de robe, et qui, une fois déshabillée de son crépi – les artisans d'ici y ont mis du cœur et le village se réjouit avec nous du résultat –, s'avère être une merveilleuse maison pour nous. J'y ai un atelier dans l'ancienne grange qui donne sur un préau puis un petit pré carré comme un petit cloître roman. (Ce n'est pas loin de Vézelay, ni d'Irancy où il y a du bon vin.)
Ma proposition, la voici : que nous nous écrivions de temps à autre, sur tout ce qui nous préoccupe : Ça pourrait aller d'avoir une machine à laver le linge ou pas (j'ai ma première depuis un mois), à la question du mensonge,

des régimes, à qu'est-ce que ça veut dire vieillir… et aussi à ce que c'est d'être artiste, ou pas !

Il s'agit pour moi de trouver comment mener, en quelque sorte, un tranquille combat contre les impostures, par deux voix qui s'interrogent, se répondent et ne craignent pas la discussion.

Aucun problème si tu n'as pas envie, je viens ici pour que toute idée reste bonne, même non utilisée ou non utile !

Très amicalement.

Nina

Chère Nina,

Bien reçu ta lettre, via Paris, pendant que je termine, dans un sprint infernal, le livre sur les lettres[1] ! (Presque cent pages en trois semaines, je n'en dors plus, c'est trop mais c'est ainsi qu'il fallait que je le fasse.)

Et puis, pour tout dire, est arrivé le moment que j'espérais et que je redoutais à la fois : j'en ai ras le bol de ma propre histoire – suffit de tournicoter autour de mes morts – impression de ressasser, etc. !

Tout ça, bien sûr, parce que ça va mieux…

Je dois te faire une confidence – parce que c'est mieux de dire les choses et qu'ainsi tout est clair. Nous nous séparons complètement Bernard et moi.

Je dis « complètement » parce que depuis deux ans déjà nous ne vivions plus du tout de vie de couple, mais ne nous étant quittés « pour personne » nous avions continué de cohabiter pacifiquement, Bernard dans un studio

---

1. Il s'agit de la préparation de l'ouvrage *Je vous écris*.

indépendant à l'étage au-dessus, et moi au-dessous avec les enfants.

Depuis deux ans déjà, donc, j'étais en quelque sorte « mariée » avec eux.

Or, je ne suis absolument pas d'accord pour être une mère qui se sacrifie, une mère chaste et impeccablement seule dans l'esprit de ses enfants. Je vois là-dedans la pire des choses pour moi, le poids le plus lourd pour eux plus tard. Et je pensais ceci profondément avant même de rencontrer quelqu'un – quelqu'un dont je suis très sincèrement éprise et inversement. Je prends quelques risques : il a seize ans de moins que moi – on verra bien – on ne peut pas aimer avec trop de prudence. Donc, il faut se lancer.

La solitude, ça suffit. J'ai vraiment cru que c'en était fini de l'amour pour moi, et voilà que je revis…

Bien sûr, ce n'est pas un hasard que cela arrive à ce moment. Après toute cette recherche entamée avec *Le Voile noir*, et ce livre nouveau qui clôt un cycle. Bien sûr… Mais est-ce parce que les choses arrivent à temps, à point nommé dans votre vie, qu'elles sont forcément suspectes ?

Je m'aperçois que j'ai d'ores et déjà commencé cette correspondance que tu me proposes !

J'accepte donc avec joie !

Sais-tu quelque chose de curieux ? Ta lettre m'est parvenu au moment précis où, arrivant à la fin de l'écriture de mon livre, je me disais que je ne pourrais certainement rien écrire d'autre avant un bon bout de temps. Bien sûr, on se dit toujours ça, non ? Que pourrais-je écrire après ce livre ? Que pourrais-je peindre après ce tableau ? Pensant à ce que j'ai fait avec ces deux livres, je me disais : « Comment aller plus loin, plus fort, que prendre la réalité de sa vie, la réalité des faits, de sa souffrance, pour en faire une œuvre ? » Alors qu'on a collé au plus près du cœur, de ce qu'on a véritablement à dire, comment renouer avec la coquetterie de la fiction ? Comment retrouver une manière de distance sans avoir la sensation de retomber, d'amoindrir ? Je pensais qu'une transition, un temps de réflexion souple, s'imposait, mais sans qu'il soit pour autant vide d'écriture.

Vu la teneur de ce dernier livre sur l'échange, le partage, le monologue de l'écrivain devenu dialogue. Je pensais « dialogue... », oui. Chercher dans ce sens. Dialogue. Écrire à un autre, une autre ?

C'est alors qu'est arrivée ta lettre.

Drôle, non ?

Je vois que tu me parles de cette nouvelle maison avec enthousiasme. C'est bien. Je suppose qu'il arrive un moment où Paris ne manque plus – je n'en suis pas encore là... Dieu sait si j'aime partir, et la campagne, et les maisons tranquilles. Mais l'idée de couper le lien avec la ville, de ne plus y avoir de « chez moi » me semble encore une coupure impossible, paniquante.

Encore un sujet, tiens !

À bientôt.

Comme dans toute correspondance qui se respecte, j'attends la « tienne » pour t'envoyer une nouvelle « mienne ».

Anny

Bessy, le 13 octobre 1993

Chère Anny,

Ta réponse m'a énormément soulagée, car après coup je m'en étais beaucoup voulu de t'avoir écrit comme je l'avais fait (ça, c'est mon côté « scorpion russe »). Je t'avais parlé de ta mère d'après ma propre expérience, et en avais-je le droit ? Aussi, je me disais : « Ma fille, qu'est-ce que tu es allée lui demander de parler de choses de tous les jours, de ta machine à laver ! » Ah, cette machine à laver, elle m'a tourmentée à ton égard ! Et pourtant une forte intuition me disait que ce serait bien que tu passes à autre chose d'une manière ou d'une autre. Je sais aussi que j'ai pu te proposer une correspondance parce que ici j'acquiers du recul, et que je peux dépasser les petites émotions, les crispations du plexus qui faussent le ton. Le problème de la respiration, je l'ai attaqué, ici ! Beaucoup de choses à dire.

D'abord, j'ai pris une belle journée pour lire *Je vous écris*. L'atelier ouvre sur un arrondi de mur ocre qui me fait penser à la Bourgogne de Colette (mais la Puisaye, c'est un peu différent d'ici). Je levais les yeux de temps en temps, et la lecture de ton livre, le soleil réchauffant le mur se répondaient parfaitement. Un moment d'autant plus privilégié que *Je vous écris* était vraiment nécessaire. Quand j'avais reçu ta demande d'autorisation de publier ma réponse, je n'étais pas sûre du bien-fondé de ta démarche – c'était compter sans ton honnêteté absolue qui emporte tout, et va dénicher dans les coins tous les faux-semblants. Et aussi, c'était compter sans l'amitié de ton complice éditeur : le rythme des lettres et de ton récit, la mise en page font de cette œuvre quelque chose de très original par le fond et la forme. Donner à voir à quel point « les gens » sont « bien ». Il s'agit de lecteurs de ton livre *Le Voile noir*. C'est aussi rassurant pour moi que de voir quelqu'un d'inconnu aimer soudain un tableau, sans qu'il y ait mouvement de mode. Ces choses-là donnent du courage.

Interruption pour une marche avec le chien, sur les bords de la Cure, à travers les prés. La Cure ! Il m'apparaît que cela n'est pas un hasard, comme pour toi la Creuse était un creux, une matrice à un moment de ta vie. La Cure ! Tu m'en diras tant !

Ce que je peux te dire de moi… sans être trop longue (c'est un bon exercice d'écriture que de ramasser l'essentiel d'une vie en quelques pensées). Je peux reprendre l'exemple de l'invitation reçue avec tant de plaisir, pour l'exposition des photographies de ton père. Je choisis de rester ici à Bessy, alors qu'une virée à Paris, pour l'amitié, me tente énormément.

Mais voilà : en ce moment si je pars ne serait-ce qu'un jour, je casse un fil – il me semble – qui est celui qui me tient ensemble. Et j'ai toujours agi ainsi. Kandinsky appelait cela « la nécessité intérieure ».

Alors j'en viens à ce que tu vis, par rapport à tes enfants. Quand j'ai divorcé d'avec son père, mon fils avait quatre ans. Je suis allée trouver la pédiatre. (Je ne divorçais pas pour quelqu'un. Je divorçais parce que je ne pouvais plus continuer comme ça.) C'était en 1960. J'allais me retrouver dans une situation difficile, mais à mon avis moins difficile que celle que je quittais. La pédiatre m'a dit textuellement : « Si vous attendez qu'il ait vingt ans pour le faire, il vous en voudra d'avoir été malheureuse pour lui pendant seize ans » et « si c'est un enfant solide, il résistera au choc, s'il ne l'est pas, il craquera aussi bien à vingt ans ».

Je l'emmenais bébé tous les jours au Luxembourg, et je peignais la nuit – ça a eu des avantages : moi qui mettais de la peinture partout, j'ai appris à garder les mains propres, pour prendre le bébé si nécessaire, et le changer dès qu'il en avait besoin. Il ne pleurait pas. On fait comme ça avec les enfants maintenant.

Dans ton livre, tu parles de princesse blessée. Je pense que nous avons en commun ce sentiment très intérieur d'être… royales au fond. Ça permet d'accepter des injures légères, n'étant pas exactement là où l'autre croit vous atteindre. Mais il y a un moment où la limite est dépassée. Sous peine de perte de la force de vie qui te pousse, il faut agir. Chez moi, ça s'est longtemps exprimé par une très grande rapidité dans mes mouvements, qui me sert en peinture – mais me dessert pour ce qui est des objets que je pose plus vite que la pensée, et ça casse !

Est-ce que ce besoin d'agir est une fuite en avant ? Je ne crois pas, parce qu'il s'agit du respect de sa vérité d'être (je ne trouve pas d'autre formule). Et si tu ne respectes pas ça en toi, tu tombes malade : j'ai perdu comme ça une bonne partie de mes cheveux. Je partais en petits morceaux, chaque fois que j'étais mal traitée.

Ensuite j'ai eu, pour une femme de trente ans dans les années soixante, une vie très libre. J'aurais pu me calfeutrer avec mon petit garçon. Mais il me semblait que si je me faisais nonne, j'aurais plus tard à lui faire payer le sacrifice de ma vie sexuelle.

Une proximité trop grande avec ses enfants, un accrochage trop éperdu n'est bon pour personne.

Et Guillaume, me diras-tu, dans tout ça ? Il était encore agriculteur à vingt-cinq ans. C'est le théâtre qui nous a réunis. J'ai décoré sa première pièce. À l'époque il était marié, et je le considérais comme un gentil type d'une part, et d'autre part j'aimais sa pièce.

Vers 1963, j'étais complètement seule. Lorsque j'avais revu Guillaume en 63, je lui avais dit : « Si l'amour, une seule goutte d'amour, existait vraiment au monde, je me ferais vestale pour la garder. » Il me semblait à l'époque que l'amour c'était fini pour moi. Tu vois ! Les types d'envergure se prenaient des femmes moyennes ou étaient coincés avec des nourries-blanchies-logées matrimoniales.

Je me suis embarquée avec Guillaume « pour être heureuse » enfin, et pourtant, ensuite, on a eu un fameux compte de drames et de problèmes, mais on était, on est ensemble.

Je crois que c'est bien d'avoir non l'idée mais la volonté d'être deux, un homme, une femme. C'est même ce qu'il y a de plus difficile, cette construction jour après jour.

Rester intelligents, s'aimer. C'est un boulot !

Tu sais, c'est comme l'art : une œuvre est bonne si les ingrédients qui la composent ont une bonne valeur d'humanité. Pour me remettre à peindre, je me suis

plongée dans Élie Faure : « Le vrai mystère de la vie, c'est qu'un geste est beau dès qu'il est juste, et qu'à une vérité fonctionnelle profonde, une continuité profonde de mouvements et de volumes répond toujours. »
À toi !

Nina

Décembre 1993

Chère Nina,

Décidément, cette correspondance que j'avais accepté de tout cœur d'avoir avec toi était en passe de rester au niveau des bonnes intentions !
Pardonne-moi. Impossible de faire autrement.
Chaque minute, chaque heure est remplie soit de travail, soit de travaux, soit de problèmes d'enfants, etc.
On n'aide pas beaucoup les gens en passe d'être heureux, je vais te dire ! Au contraire – ça bloque, ça résiste, ça colle des bâtons dans les roues. C'est étonnant.
Résumé, en gros :
Nous nous sommes installés à la maison – changé les chambres des enfants. Un homme de plus dans leur vie. De toute manière, c'est positif, il y a tellement de bonnes femmes autour des enfants ! – la fidèle nounou va nous quitter. Elle ne supportait pas « l'intrus » dans le cocon (elle ne supportait pas Bernard non plus, d'ailleurs). Après avoir calmé les amis, les sœurs, les enfants, nous ne nous attendions pas à cette bombe sournoise à l'inté-

rieur même de la maison (lessive, courses, cuisine, devoirs, conduite à 8 heures le matin, etc.).

Au milieu de tout ça, plus mes répétitions de théâtre tous les jours, le miracle du bonheur est difficile à protéger ! Certes on ne nous épargne pas…

Allez ! De toute manière, on ne fera pleurer personne sur notre sort – là-dedans rien n'est grave.

Je pense que tu aimeras beaucoup le sujet de ma pièce sur Isadora Duncan[1]. Elle pose, d'une manière légère, toutes les questions.

Qu'est-ce que l'expression artistique ? Pourquoi certains êtres sont-ils destinés à être les médiateurs entre le « mystère » et la réalité, des formulateurs de ce que les gens « non artistes » ont en eux sans pouvoir l'exprimer ? Pourquoi, comment ce don ? Et quel prix à payer pour le posséder ?

Et tous les gens qui sont autour de cette lumière-mystère, à chercher à la toucher mais impuissants, jaloux, amoureux, dévoués.

L'agent, qui n'a d'autre moyen pour s'approprier une part du mystère que d'en faire commerce, persuadée qu'elle ressemble comme deux gouttes d'eau à Isadora.

Ceux qui veulent disséquer, réduire au raisonnement l'inexplicable.

Celle aussi qui ressent profondément toutes les souffrances, toute la beauté mais qui ne sait pas la faire partager et qui dit : « Moi j'ai la vie, juste la vie… je ne suis pas une artiste, je ne suis pas intéressante. »

Le jeune homme, aussi, qui a reçu l'art comme un cadeau des fées – ça lui coule tout seul des doigts, c'est facile – et qui dit : « Ha ! les applaudissements comme

1. Il s'agit de *Quand elle dansait*, de Martin Sherman.

un long, long, excellent orgasme ! » Et aussi plus tard :
« Je suis tout seul… »

Et Isadora là-dedans qu'on ne voit jamais danser, qui
répète simplement une fois en écoutant de la musique,
immobile, et qui dit : « Je ne répète jamais avec mes
pieds… », et qui dit aussi au jeune pianiste : « Le seul
problème, tu vois, c'est les anges… on n'est jamais sûr.
Ils viennent très rarement nous visiter. Quand tu as la
chance de les avoir avec toi un moment, même un seul
moment dans toute ta vie, alors tu sais – tu as l'inspiration. Et tout le reste, c'est peau de balle et balai de
crin ! »

Et tout le monde cherche, cherche à comprendre, à
attraper, à se nourrir du mystère qui échappe à Isadora
même.

La fin de la pièce, le jeune pianiste seul : « J'ai
demandé à ma mère avant qu'elle meure : "Pourquoi
m'avoir appelé Duncan ? Qu'est-ce qu'il faisait de si
beau pour que tu me donnes son nom ?" Alors pendant
un instant elle a été très belle, et elle m'a dit : "Oh, mon
fils… On ne peut pas expliquer." »

Tu vois, je nage dedans… Et moi aussi je suis en pleine
recherche vis-à-vis de moi-même comme femme et
comme artiste – où est la différence ? Ma part de mystère à moi, à quoi tient-elle ?

Quels sont mes nouveaux appuis après ces deux
livres[1] ? Tout a changé. Tout change. Évidemment, que
je saute sur cette pièce pour en acheter les droits il y a
deux ans (juste à la fin du *Voile noir*) est logique – je
savais que c'était la seule chose à faire après, et que je
ne remonterais pas sur scène sauf pour ça !

1. *Le Voile noir* et *Je vous écris.*

Pourtant, je m'ennuie beaucoup en répétition. En pleine scène je regarde ma montre avec une seule envie : retourner à la maison pour faire l'amour avec Thierry et non pas faire semblant d'avoir fait l'amour avec un acteur russe dont je n'ai rien à cirer. Parce que l'heure des répétitions est le seul moment où nous serions vraiment tranquilles, sans les enfants à côté.

Enfin tu vois – où est la vie ? Où est mon métier et même ce que je fais est-il un « métier », franchement je ne sais plus.

En somme, je dois travailler sans m'en rendre compte le sujet même de la pièce !

Et Thierry a exactement le même âge qu'Essenine dans la pièce, la même différence d'âge avec moi…

On s'effraie sur des trucs comme ça ?! En fait, j'ai la sensation que les événements, les rencontres, sont choisis malgré moi. Je suis. J'obéis. Je ne peux pas faire autrement. Et de fait, il n'y a rien d'autre à faire ! Tous les hasards s'emboîtent, se complètent… Comment ne pas obéir, alors ? Je deviens très humble ? Je n'y peux rien. J'assure du mieux possible. Parfois je suis débordée. Je lâche mon sacro-saint contrôle – cette clé de toute ma vie jusqu'à présent se met à tourner à vide dans la serrure et les portes s'ouvrent toutes seules quand je ne m'y attends pas ou restent fermées même si je tape dessus.

C'est nouveau – c'est passionnant. C'est épuisant.

Nina, je crois que je suis amoureuse pour la première fois de ma vie. Résultat de mon travail de ces dernières années, les livres : je renoue pour la première fois depuis la mort de mes parents avec le danger du manque. Ça commence. J'ai besoin. Je manque. Je crève de trouille de souffrir un jour…

Enfin, je suis rebranchée. On verra bien. Je vis.

35

Nina, j'aime beaucoup tes lettres. J'ai l'image dans la tête de ton atelier éclairé la nuit. J'imagine ça dans le village de la Creuse.

Elle me manque, la Creuse… ça me fait un drôle d'effet de penser à cette maison fantôme, tenue impeccablement pour rien ni personne. Je paye la moitié de l'entretien… pour rien[1].

Cette maison abandonnée et pourtant jalousement gardée et entretenue est le dernier fantasme de « nid », le dernier symbole de ce que nous n'avons pu réussir avec Bernard : être heureux ensemble alors que nous avions tout pour l'être. Cette maison est un lieu idéal de bonheur où nous fûmes heureux toujours séparément, moi à la piscine, lui dans les bois, moi à la cuisine, lui au fond du pré, moi au jardinage, lui à la pêche, etc. Et pour finir, moi écrivant là-bas et lui en voyage.

Voilà.

Je pense à cette maison sous la châtaigneraie. Et j'aurais une envie folle de prendre la voiture, Thierry par la main et de lui montrer tout ça, cet endroit que j'aime…

Je n'ai, paraît-il, aucun sens moral !

Je t'embrasse.

Anny

---

1. Anny et Bernard avaient aménagé une petite ferme dans la Creuse. Elle appartenait à Bernard mais il n'allait plus guère là-bas, ne se résolvant pourtant pas à la lui céder.

Bessy, le 4 janvier 1994

Chère Anny,

Je veux te dire d'abord que je n'ai pas brusqué ma réponse : tu es dans un moment de ta vie qui me paraît exceptionnel, pour ne pas dire – pourquoi pas – crucial – une vraie croisée des chemins, c'est sûr.

Ta lettre m'a apporté un contentement. Je n'ai pas pensé vraiment que tu aurais le temps d'écrire, mais que ça se fasse comme nous pouvons, par rapport à ce que nous avons à faire dans la vie et dans l'art, je crois que c'est bien. En parler – aussi vrai que possible – n'est pas toujours possible. D'autant que, dans ce rapport entre la vie intime et l'art, c'est quelque chose qu'il faut inventer à mesure. J'ai eu une grande amitié avec Hephzibah Menuhin, les dix dernières années de sa vie et même un peu plus, je l'ai rencontrée dans les années soixante-cinq. Elle me racontait que quand ils étaient enfants, Yehudi et elle, il y avait d'abord les gardes du corps pour le Stradivarius. Eux deux marchaient derrière. Un jour Yehudi s'est évanoui de fatigue à New York devant le Waldorf : les gens se sont précipités

– pas pour le secourir : pour lui arracher les boutons de son paletot. Les choses ne sont pas ce qu'on pourrait croire pour ceux qui tiennent le mystère dont tu parles entre leurs mains ! (Isadora)

La maison est absolument silencieuse, sauf le mouvement du chat qui a pris la place sur mon secrétaire, ce qui fait que je t'écris sur le tiroir ouvert !

Je pense à la maison de la Creuse qui te manque. Moi, en fait, je me faisais un deuil du diable en vendant l'atelier de Paris. Il a été mon instrument de travail fidèle, mon moyen de communication et l'expression de ma liberté – pouvoir être en free-lance par rapport au marché, aux idéologies « mode ».

Ça a été aussi une île.

Mais, si toi tu aimes les fondus enchaînés, je suis plutôt chirurgicale. Je voulais vraiment couper quelque chose. Une sorte d'interdiction que je m'étais faite à moi-même de vivre le fondu enchaîné dont tu parles. Or je me suis aperçue qu'on n'est pas forcé de vendre : c'est très bien comme pied à terre.

Tu parles de cette sensation que tu as d'obéir – aux événements, aux rencontres. Attends, je réfléchis, car c'est difficile à exprimer en ce qui te concerne ; c'est vrai que tu donnes l'impression de diriger ta vie : tu l'as dit très clairement « maintenant assez de mes deuils, je veux penser au bonheur ».

Faire de soi-même une clé capable d'ouvrir la serrure. À mon sens, la situation en Art est étrange : on est une clé, mais il faut en même temps créer la serrure, et du même coup la porte, et du même coup ce qu'il y a derrière la porte.

Toi, tu as écrit deux livres qui sont des créations de ta chair et de ton sang et de tout ton être. Je ne trouve pas étonnant que jouer – même s'il s'agit d'un très beau rôle que tu as choisi – te semble un peu vain, dans cette obéissance justement qui m'a toujours étonnée chez les comédiens, cette disponibilité nécessaire, qui pour certains peut aller (sans doute, je parle ici de quelque chose que je ne connais pas) jusqu'à la vacuité.

De toute façon, je crois qu'avec ta nature tu avais besoin de te sentir « débordée ». L'important, c'est de tenir le coup physiquement. Je sais qu'on peut travailler « sur la fatigue ». Dormant debout, complètement épuisée, j'ai parfois trouvé sur la toile ce qu'aucune réflexion à tête reposée ne m'aurait permis de sortir de moi.

Les proches adultes (la famille) ont de l'artiste qu'ils côtoient une drôle d'idée. Ils ont souvent l'impression que nous tenons une réponse. Alors que notre profonde raison d'être c'est soit de poser les questions (les vraies questions – ou nos vraies questions), soit d'aller notre chemin sans nous poser les mêmes questions qu'eux. Il y a aussi ce problème particulier, moins pour moi comme peintre que pour toi comme comédienne ayant une vie publique et médiatisée : l'appropriation de ton jardin secret personnel. On ne te donne pas le droit de faire ton bonheur – les proches se sentent trahis par l'inattendu. Mais ne pas être toujours là où on vous attend, quel soulagement ! J'ai appris ça très tard.

Bon. J'espère que tu vas bien, que tu es plongée dans tout pour le mieux.

Ceux qui t'aiment doivent te prendre comme tu es. Comme sainte Thérèse d'Avila qui mangeait des grives avec appétit quand les envoyés du pape sont arrivés dans son couvent. « Qu'ils attendent, dit-elle. Quand c'est les grives, c'est les grives. Quand c'est le Seigneur, c'est le Seigneur. »

Pour continuer dans les Saintes Écritures, il y a un temps pour chaque chose. Le temps de pleurer, le temps de jouer, etc. Ce que je pense, c'est que ton seul problème est d'être toi-même, et c'est un joli boulot que beaucoup pourraient t'envier !

Je t'embrasse affectueusement.

Nina

Un vendredi, fin février

Chère Nina,

Pas de nouvelles depuis ta lettre. Eh oui, c'était mon tour ! Mais je fus happée dans la terrible aventure de ma pièce. Je devrais plutôt dire « terrible mésaventure »…
J'ai arrêté de jouer avant même la fin du contrat. Vingt-huit jours exactement après la première je fus priée fermement de quitter ce théâtre alors que la pièce commençait à prendre son rythme et son essor.
Jamais il ne m'est arrivé une chose pareille.
En fait, les événements sont beaucoup moins simples qu'il n'y paraît et j'essaie depuis de démêler les faisceaux de circonstances, hasards, déséquilibres (de ma part) et malveillance (de quelques autres) qui ont abouti à la non-naissance de ce projet. Pas vraiment mort-né, mais comme un enfant un peu fragile qu'il aurait fallu entourer de soins, voire mettre en couveuse, au lieu de quoi il lui a été immédiatement mis un oreiller sur la figure – exactement ça… Je sens qu'il y a là-dessous une ligne infiniment plus trouble, plus inconsciente, dont je dois tirer un enseignement.

Tout ceci fut trop parfaitement inéluctable, pour que ce soit pour rien.

Les éléments objectifs :

– La productrice, sincère, passionnelle, alcoolique et terriblement influençable tient à produire entièrement la pièce alors qu'au départ elle n'y croyait pas follement.

– N'arrivant pas à me décider pour un metteur en scène, j'opte finalement pour Patrice K. qui m'enjoint d'accepter d'aller dans un théâtre que je ne « sens » pas.

– Dès le début des répétitions, je commence à m'ennuyer, honteuse. En fait, j'ai appris depuis que tout le monde faisait de même, mais tu crois d'abord que c'est ta faute. Enfin moi, du moins, je doute toujours de moi en premier. Et là tout commence à déraper... le décorateur excellent que j'avais voulu, moi, me fait un décor qui est à l'opposé de ce que j'attendais. Mais si beau que tu ne dis rien – tu ne peux pas, le metteur en scène à qui tu t'es confiée le trouve parfait.

– Lui, dont je craignais le trop d'intellectualisme, ne nous a pas dit un mot sur la pièce et s'est contenté des apparences. Et il nous a lâchés dès la première représentation. PFFT ! plus de père. C'est là, d'ailleurs, que nous avons commencé à travailler en profondeur entre nous et discuté de l'étrange pouvoir que distille le rôle de metteur en scène : quand ce n'est pas un bon père, ou un bon accoucheur, quand il n'aide pas, il empêche. Il est comme un regard-écran sur lequel tu butes, qui te voile tout, te paralyse. Étrange, vraiment. Ça m'est déjà arrivé et j'ai constaté ça, qu'en cas de stagnation totale tu ne peux progresser et voir que lorsque le metteur en scène est parti. (Bernard a vécu quelque chose d'exac-

42

tement semblable : les comédiens ont fait naître les choses après.)

– Et puis on a lancé le spectacle comme un coup de dé de parisianisme : générale deux jours après la première seulement, affiches minuscules, aucune collectivité prévue, pas de pub... Et ma productrice, la mère de ce spectacle, qui me dit, six jours après la première : « Je paie les contrats de tout le monde et on arrête. » J'ai cru tomber sur place. Ça, juste avant d'entrer en scène. Eh bien, tu ne vas pas me croire : nous avons été déprogrammés de tous les ordinateurs (Fnac, minitel, agences, etc.), les affiches nouvelles annulées, les emplacements revendus, et, le lendemain, la location ouverte pour celui qui allait prendre notre place. Nous nous sommes battus comme des lions pour gagner deux semaines, en jouant quasiment incognito (la dernière semaine nous n'étions même plus dans le *Pariscope* !). Et pourtant les recettes montaient doucement, le spectacle s'améliorait, et j'ai vécu tous les jours cette horrible chose (j'en pleure encore en te l'écrivant tellement ce fut douloureux) : sentir la chose dont tu as rêvé *devenir* réalité, prendre son essor, subir tous les soirs (subir dans ce cas, c'est le mot) des bravos et dix rappels en *sachant* que tu es irrémédiablement condamnée à arrêter et la chose à mourir.

Depuis, j'essaie de dépatouiller les lignes profondes, de situer les bifurcations, les erreurs, les faiblesses qui ont laissé s'accomplir cela – pas facile.

Dans le fond, en ce qui me concerne, c'était trop tôt après les livres, en plein changement de vie, je n'avais plus ma boussole intérieure, ou du moins j'étais tellement persuadée que tous mes repères avaient changé que je ne lui faisais plus confiance. Je devais apprendre à écouter les autres, accepter enfin l'aide, les conseils, alors qu'avant je ne me fiais qu'à moi.

Enfin tu vois : un océan de doutes…

Je me repose. Je réfléchis, je continue à me battre aussi, à conforter ma volonté : je ne veux pas en rester là. Je dois transformer cette catastrophe en positif.

N'est-ce pas la ligne même de ma vie depuis la catastrophe de la mort de mes parents : tellement positive que je suis parvenue à en faire un succès !

Ha ! Humour noir ! Qu'il est utile, tout de même ! Une chose arrivait à me faire sourire intérieurement au plus fort du malheur de ma pièce : je me disais que mon père-metteur en scène et ma mère-productrice m'avaient recollée de concert dans le rôle de l'orpheline ! Et vlan ! Décidément je n'en sortais pas… ou bien, je m'étais recollée dedans ?

J'ai mal partout, le dos tout raide, des tendinites réapparues, cette lutte contre le négatif m'a vraiment endommagée. Physiquement, oui… mais pas intérieurement, c'est étrange.

Ça m'a beaucoup touchée que Bernard vienne voir ma pièce quand il a su tous les ennuis qu'on nous faisait.

Je vous embrasse.

Anny

Bessy, le 28 février 1994

Chère Anny,

Voici le premier moment où je me calme !
D'abord, parce que j'ai compris, une fois pour toutes,
que le souci majeur est, tant qu'on est en vie, de vivre.
Ah, on a une chance quand on peut extérioriser, je
t'assure. Je suis sûre de ça. Pleurer ! Dire ! Faire quelque
chose, être en colère !
Alors, aussi, ta dernière lettre que j'appelle la lettre du
« couper pour repartir ».
Je ne crois pas que tu saches ce que c'est que l'amertume (qui n'a rien à voir avec le chagrin). Moi non plus.
Mon système à moi est de faire basculer dans l'oubli
tout ce qui pourrait me faire « regretter » – ou causer
de l'amertume. Un oubli radical, définitif. J'ai oublié
le nom de mes amants (complètement). Et je vis présent-
futur dans le même temps. Si d'aventure le passé me
tombe dessus (en me brossant les dents, c'est le
moment où ça m'arrive), je n'aime pas : je vois toutes
les autres solutions que je n'ai pas prises et dans ce
cas-là j'attends une preuve que celle que j'ai prise

était, non pas la meilleure, mais capable de m'emmener, à peu près intégralement, la même jusqu'à aujourd'hui. Et quand je dis « la même », je veux dire que, le jour de mes neuf ans, j'ai décidé que j'avais fini de me préparer à être quelqu'un ! (C'est-à-dire moi.)

Je travaille sur un texte – que je t'infligerai certainement ! La langue française est bien intéressante. On peut dégrossir et ensuite tailler pour que ça brille.

Cet après-midi, nous avons fait un tour en forêt, avant de passer acheter des couteaux à enduire, etc., qu'il me faut pour peindre. Je navigue entre l'emploi de truelles, de couteaux à mortier, de marteaux pour fermer mes pots, et celui de mes doigts pour étaler du cirage (qui est de la cire colorée) par là-dessus. Heureusement qu'avec les années j'ai acquis tout de même un sacré tour de main : passer de l'énergie du maçon à la douceur de la cire, et que ça tienne ensemble. Si ces metteurs en scène dont tu parles faisaient de la peinture, leurs « envies » leur feraient vite un pied de nez. Les comédiens sont de bons et dociles outils, comparés au blanc de céruse, au noir de pêche et au vernis chêne foncé !

J'ai gâché hier un kilo de blanc broyé que je gardais depuis dix ans (on n'en trouve plus) sur une toile avec laquelle j'ai lutté pendant dix heures – et je sais que ce que je dois bien appeler « le poème » passe, quand ça m'échappe des doigts. Il faudrait être un toréador qui cueille la marguerite entre deux passes et se la met à la boutonnière. Alors, j'écris. Autant le jeu de la présence et de l'absence à moi-même m'occupe trop dans la Peinture pour laisser place au plaisir (sauf dans quelques instants aussi privilégiés que dans l'amour) – en face de l'œuvre qui veut bien, ne veut plus, s'accroche à la pensée, s'enfouit dans cette gadoue du matériau – autant l'écriture m'est bonne quand j'y trouve jubilation à faire. J'ai retrouvé des choses que j'ai écrites enfant pendant la guerre : ça n'a rien à voir avec les cahiers d'Anne Frank – c'était plutôt du côté de Pierre Dac. Je jubilais de survivre à la bêtise (en l'occurrence celle des nazis).

J'ai demandé à Guillaume ce qu'il pensait de ce qui a pu arriver, à toi et à cette pièce que tu aimes. Il voit là-dedans le combat du Bien et du Malin. Le Malin existe là où quelqu'un ne supporte pas qu'un homme ou une femme aille vers sa personnelle lumière. Pour pas mal de gens, le pouvoir ne s'acquiert que par la seule volonté de puissance – c'est embêtant quand ils l'exercent dans le domaine de l'Art… Et puis, la jalousie – qui est une abominable maladie – rend bête et méchant. Les jaloux, occupés à tarabuster la personne qu'ils veulent toucher, donc posséder, oublient qu'ils s'attaquent à plus fort qu'eux moralement, et surtout à plus artiste qu'eux, et là quelque chose leur échappe (rencontre avec le thème de la pièce).

Tu sais, ce qui bouge pour avancer dérange souvent.

Contrairement à ce que tu dis, je ne pense pas que tu aies eu tellement de chance. Tu as une nature heureuse. Tu donnes leur chance aux gens, au départ, par ce que j'appelle l'exquise politesse. Mais la politesse, ce n'est pas aplatir sa propre nature.

Deux choses m'ont semblé extrêmement bonnes et positives : d'abord, la solidarité de la troupe avec toi, et du monde du théâtre dans ce qu'il compte de gens « bien ». Et puis, que les choses s'arrangent avec Bernard. C'est tout de même mieux de se retrouver intelligent après la crise !

Le seul problème d'une correspondance telle que la nôtre est que les choses ont avancé quand l'autre reçoit la lettre.

J'aimerais bien savoir où tu en es maintenant.

On t'embrasse.

Nina

13 mars 1994

Chère Nina,

Une chose m'a frappée visuellement en regardant tes pages : nous avons la même manière de les remplir – on ne laisse pas de blanc, nulle part. Pas de marge, on commence carrément en haut, et on s'arrange (c'est le mot, je crois, même si c'est inconscient) pour finir nos lettres en bas d'un verso ! On remplit tout…
Ma sœur m'avait souvent reproché, quand elle tapait mes textes, d'être très fatigante, quasiment asphyxiante à force de régularité dans le rythme. Quand on loupe une ligne tout est tellement semblable qu'on met un temps à la retrouver dans la guirlande sans fin des mots alignés, des pensées qui s'enchaînent sans interruption.
J'ai dû effectivement relire ta lettre trois fois pour retrouver certains passages, ou une réflexion sur laquelle je voulais revenir – impossible à repérer si tu ne relis pas tout. Je ne sais pourquoi on remplit tout comme ça…
Peur du vide ?

Des moments « à blanc » et de la marge d'inconnu dans lequel on risque – on risque ?… quoi ?

Ça me rappelle une très jolie lettre que j'ai reçue pour *Le Voile noir*, d'une professeur de français à la retraite – tous ses blancs, ses marges étaient remplis de commentaires, ajouts, précisions apportés par son mari, ancien prof lui aussi. Cette lettre à deux plumes était délicieuse d'humour, d'entente.

Pour ce qui est de nous, un autre aurait du mal à remplir nos si petits « blancs »… !

J'ai lu très attentivement tout ce que tu me dis – et Guillaume par ta voix – à propos de l'aventure de ma pièce.

Encore une semaine au moins avant de savoir si on a un nouveau théâtre…

Une chose est sûre : j'ai trop peu pensé au personnage d'Isadora. Pour moi, elle n'était qu'un prétexte à atteindre un propos général sur l'art.

Oui mais… Oui mais…

On n'écarte pas ainsi impunément l'histoire de son personnage.

Et du coup il m'apparaît que depuis des années, quatre-cinq ans au moins, je tourne exclusivement autour de moi-même et de mon histoire.

Je ramène tout à moi. Et si c'est bénéfique parfois (comme dans mes comédies pour la télé « Une famille formidable »), c'est dans la plupart des cas appauvrissant.

Il m'avait échappé que cette pièce était aussi l'histoire d'une chute, d'une agonie, alors que je ne voulais y voir que sa force positive, son allant… Étrange. J'avais complètement repoussé cette part d'ombre et de mort.

Un ami m'a dit, parlant de ma vision du personnage : « C'est comme si tu voyais un poisson hors de l'eau sauter, se démener désespérément pour respirer, et que tu dises : Regardez, quelle énergie ! Comme il est en forme ce poisson ! »

L'image est jolie.

Et juste.

Depuis mon travail sur *Le Voile noir* je n'ai plus fait un pas vers un personnage. Je ne cherchais que l'opportunité d'exprimer ma propre histoire ou certaines facettes de moi-même.

Tu vois. Il y a du boulot si on reprend la pièce !

Je ne sais pas trop comment va Bernard. Je le trouve un peu gris. Nous avons tous les deux ou trois jours une conversation au téléphone où nous parlons des enfants. Et l'on sent qu'il faut éviter le cœur du sujet, la rupture… avec ces petites phrases qu'il me sort souvent à la fin : « Bon, qu'est-ce que je voulais te dire encore… je ne sais plus… Il me semble que j'avais quelque chose à te dire… Bon, tant pis. »

Ça, ça me fait mal.

Ce n'est pas ce qu'il veut, je pense, mais je sens dans ces petites phrases toute sa blessure ouverte. Avoir été incapable de rendre heureuse une femme – et se condamner à vivre seul pour cela. C'est là ce qui le ronge. J'en suis certaine.

On laisse le temps passer – les petites phrases en pointillé aussi…

Si j'ai un théâtre – Crac ! Starting-blocks et en avant pour répétitions, travail acharné, trouille de commencer à nouveau dans la plus mauvaise partie de la saison, etc.

Mon Dieu, la tentation est si grande de laisser tout tomber, de renier cette pièce, de la reléguer au rang des mauvaises expériences.

Et, en bas de chez moi, ça manifeste, ça hurle pour faire augmenter le SMIC…

Moi je regarde de mes fenêtres tous ces jeunes qui gueulent, qui se coltinent avec la vie dure, la vie crue – la « vraie » vie ?

Honte de mon confort. Allez, c'est tout pour aujourd'hui – laissons faire.

Anny

Samedi 25 mars 1994

Chère Nina,

Je n'attends pas ta lettre pour t'écrire à nouveau, car je veux te raconter la dernière aventure, la dernière révélation qui me vient de mes lecteurs. Décidément, quelle extraordinaire chose d'avoir écrit ces livres…

L'autre jour – le jour même où je décidai de ne pas reprendre la pièce ce printemps et où je me trouvai tout à coup disponible et « démunie de soucis » (je précise cela car les lettres majeures que j'ai reçues, celles qui m'ont vraiment marquée sont toujours arrivées dans un moment à vide, un creux d'emploi du temps qui faisait que je pouvais entièrement me consacrer à ce que j'allais recevoir). L'autre jour, donc, je reçois une lettre de quinze pages recto-verso – et crois-moi l'écriture était bien plus petite que la nôtre ! – d'un monsieur qui fait des recherches depuis quinze ans – personnelles, professionnelles, plus recherche fondamentale pour je ne sais quelle université, me dit-il – et qui a décortiqué, non pas mes deux derniers livres, mais aussi les deux romans précédents ! Une vraie thèse sur ce qui sous-tend les quatre livres.

Son étude générale porte sur la mémoire intergénérationnelle (est-ce que ça se dit ? je l'invente…) des affects. Quand, dans une famille, il y a eu un traumatisme important, très violent, très douloureux, et NON DIT, un crime non payé en quelque sorte, ce sont toujours les générations à suivre qui en paient le prix sans le savoir. Car, pour ces affects si forts, le temps n'existe pas et nous ne sommes pas cloisonnés dans nos petites dizaines d'années de vie personnelle, mais nous « résonnons », nous vibrons encore, à ce qui a fait notre histoire (à ce qui nous a fait – nous affecte –, même si c'est apparemment lointain) et même (surtout ?) si cette histoire nous est inconnue. Nous sommes ainsi « vécus » par un sentiment de culpabilité qui dépasse largement les raisons du tourment de notre vie actuelle sans savoir d'où cela vient et sans pouvoir résoudre le problème – et pour cause, il est antérieur et inconnu.

Freud avait remarqué que bien des jeunes criminels étaient coupables, non pas après leur crime mais avant. Et que ceci étant pour eux si insupportable, ils avaient trouvé le moyen d'enfin « payer pour quelque chose » sans savoir de quoi ils étaient coupables, parfois avec un véritable soulagement.

Comment cela « passe »-t-il les générations ? – c'est une autre histoire, me dit-il… Mais pourquoi admettrait-on que l'on puisse transmettre des caractéristiques physiques dans les gènes pendant des générations et qu'il n'en soit rien pour le mental, les sentiments, les traumatismes qui ont marqué une vie ?

Tout ceci trouvait écho en moi. Et il en vint à mes livres, me disant que sous-tendait tout cela un énorme sentiment de culpabilité, une terrible peur de l'abandon (soit moi-même d'abandonner, soit d'être abandonnée) et que ceci revenait dès le premier livre.

Il me cite toutes les phrases où je parle « d'enfant perdue », d'yeux, de regards noirs et opaques où il y a des « puits » de douleur, d'appel, jusqu'au rêve de ma mère où je parle d'elle encore comme d'une enfant perdue qui me supplie « prends-moi, ne m'abandonne pas », etc.

Mon *Nez de Mazarin* serait mon livre le plus archaïque, me dit-il, en ce sens qu'il exprime le crime, la culpabilité d'une manière absolument brute. Et que mon personnage ayant abandonné quelqu'un en détresse au bord d'une route, et choisi de se taire, de garder le crime secret, va vivre sa culpabilité dévorante et finir par commettre lui-même un crime pour se « faire payer » la faute.

Donc, à son avis, mon sentiment d'orpheline, ma simple culpabilité de ne pas m'être réveillée ce matin-là ne suffit pas à tout expliquer. Il y a, qui amplifie tout cela, qui démultiplie mon malaise, AUTRE CHOSE, avant. Quelque chose dont souffrait aussi ma mère, sans doute aussi ma grand-mère malgré sa force apparente, car ces affects-là, si puissants, se transmettent selon lui, dans ma famille du moins, par les femmes, et c'est vers ma mère qu'il faut donc remonter.

Et il se lance, carrément, dans l'hypothèse d'une enfant abandonnée du côté maternel – me précisant que le traumatisme remonte à assez loin – cinquième ou sixième génération, me dit-il précisément. Il m'a écrit aussi : « Si vous sentez que tout ceci ne vous concerne absolument pas, vous est intimement étranger, n'en tenez aucun compte, jetez cette lettre, je me serais trompé, c'est tout. »

Non, ça ne m'était pas étranger. Pas de rejet non plus. Intéressée… Mais va-t-en savoir si l'intérêt est éveillé par une idée nouvelle, intéressante, ou parce qu'elle trouve « écho » en toi profondément ? L'après-midi, j'appelai ma sœur pour lui raconter cette lettre. Et j'en arrivai à la conclusion, à l'hypothèse de cette enfant (fille) perdue, plus loin, là-haut, vers les arrière-grands-mères, et elle me coupe tout à coup par : « Mais, bien sûr ! »

Moi tombant des nues. Et elle me racontant qu'elle aurait fait cette recherche avec notre grand-père (mari de la « lionne », surnom de notre grand-mère, chez qui elle était élevée) pour savoir d'où venait la famille de ma mère. Ils ont remonté jusqu'à la mère de mon arrière-grand-mère, et là, une employée de mairie leur a dit : « De toute manière vous n'irez pas plus loin, car cette femme est une enfant trouvée. »

Cinquième génération, il avait raison. Tombé pile... Extraordinaire, non ?

Je ne sais pas trop quoi faire de ça. En fait, je n'en sais rien, je « laisse faire » son chemin à la chose. À voir, même, s'il y a un chemin. Mais tout de même. Je repense à cette peur des filles de quitter leur mère... Ma grand-mère elle-même sous la coupe totale de mon arrière-grand-mère réputée très dure, méchante, et qui, paraît-il, DÉTESTAIT les enfants... Puis ma mère à son tour retournant tous les jours chez la « lionne », tous les jours, ne pouvant la quitter, alors qu'elle avait enfin sa maison à elle (celle où elle est morte), perdue littéralement sans sa mère. Jusqu'à moi qui ai eu tant d'angoisses à l'idée de l'enfant, qui suis si fragile par rapport à l'enfant-fille, précisément... Il y a quelque chose, oui.

Ce qui est vraiment étrange, c'est que cette supposition, qui ouvre tout de même des horizons importants sur mon histoire (même si cet horizon se situe en arrière – c'est à ça qu'on ne peut pas penser seul : que l'horizon,

ou une partie de son horizon, soit derrière soi), tombe maintenant, au moment précis où j'ai écarté tout projet pour me laisser disponible et où aussi je me disais parfois en mon for intérieur : « C'est curieux, après tout ce travail d'écriture, tout ce que j'ai trouvé, découvert, dénoué, à l'aide des autres, je devrais me sentir plus légère que ça. »
Je t'embrasse très très fort.
À bientôt.

Anny

Bessy, dimanche 3 avril

Chère Anny,

Peut-être auras-tu répondu à ton lecteur, mais avant tout je te dis très vivement de faire attention :
Je pense que tu es particulièrement visée par des gens qui te savent célèbre et riche, et une proie (je pèse les mots) pour toutes les idées transcendantales développées par les sectes plus ou moins armées. La stratégie consiste à te parler de toi et à te dire que tu es libre de jeter la lettre au feu si tu ne te sens pas concernée. Je ne dis pas que c'est le cas, mais d'après ce que tu dis, ça pourrait l'être. En langage clair : « Vas-y mollo ! » J'ai l'idée – qui n'engage que moi – que tu tiens par là l'idée d'un prochain livre : tu me parles énormément dans tes lettres d'un déterminisme, d'une forme fatale du destin.
Voilà pourquoi j'incline à penser que tu es plutôt intéressée que convaincue par ce que te dit le monsieur. Ce que je n'aime pas, c'est que ça puisse te tirer toi en arrière vers des crimes enfouis – il y en a dans toutes les familles, même s'il n'y a pas de sang –, et si ça peut

structurer une œuvre, un roman, ça ne peut pas restructurer ta vie.

Je n'aime pas trop qu'un inconnu s'empare de ton œuvre pour tirer des conclusions sur ton passé et, plus encore, ton atavisme et ton hérédité. Si ce n'était pas toi, connue, aimée du public, tu n'aurais pas ce genre d'extrapolation. Qu'un lecteur analyse ton œuvre comme œuvre, s'étonne et admire la récurrence des thèmes, fasse de tes livres une analyse littéraire extrêmement poussée – d'accord – un ex. : on analyse l'œuvre de Proust, on s'occupe du « Narrateur », on ne mélange pas l'homosexualité de Proust avec les sens profonds de la *Recherche*, ni ses atavismes, ni le fait qu'il était à moitié juif. Le sentiment de culpabilité dont le monsieur te parle, c'est à toi seule qu'il appartient : la seule chose qu'un lecteur ait à t'en dire, c'est que tu as bien raconté une partie importante de ta vie. Mais c'est te traiter en otage que de te prédire un crime dans ton passé génétique. Est-ce que ce type n'est pas allé se renseigner, comme ta sœur, avant de t'écrire ? (Cela n'est pas prouvé mais ça lui permettrait de tenir auprès de toi un rôle.) Je vais bien entendu loin, mais on ne sait jamais. Il me semble que ta position – artiste aimée du public – te fait la cible de gens qui confondent le rapport privilégié que tu as avec tes lecteurs (beaucoup se retrouvent dans ce que tu dis) et un rapport de possession. C'est toi qui écris tes livres, et encore une fois toute analyse de tes œuvres ne peut moralement parlant permettre à quiconque de farfouiller dans ton malaise et de l'expliquer hors les événements que tu racontes : il y a pour ça des gens qui ont des techniques, avec un rapport de personne à personne. Je ne crois pas qu'une analyse soit une chose nécessaire pour qui peut s'exprimer, proférer son malaise dans une œuvre. Quand j'étais aux États-Unis dans le milieu juif de New York, je les ai vus se décortiquer par la psychanalyse : sauf pour Woody Allen qui se sert de tout, ça n'était pas concluant. Et j'en arrive au deuxième point de méfiance.

Les gens cherchent parfois à se rassurer, à s'expliquer, par des espèces d'idées, comme les voyages dans le passé ou par des espèces d'accrochages dans le temps à des événements secrets.

Alors, le type, il fait à mon avis plutôt dans la divination. J'ai lu hier ce bouquin *La Génétique et les Hommes*. Je vais t'en parler, mais auparavant, j'ai téléphoné ce matin à une amie qui a longtemps été l'assistante de Koestler (un prix Nobel) – elle est physicienne généticienne, revient des États-Unis et fait des conférences dans le monde entier. Je lui ai demandé ce qu'elle pense de la possibilité de transmission par les gènes de caractères de l'ordre des affects. Elle est formelle, absolument formelle : les facteurs héréditaires sont transmis moitié par le père, moitié par la mère et agissent conjointement. Les informations génétiques transmises ne concernent pas les affects, qui font partie des caractères acquis. Si tu penses que ton être est engagé en amont de toi non seulement sur ton programme génétique hérité, mais aussi sur des éléments affectifs qui seraient transmis génétiquement, tu nies ta liberté affective et morale. Je trouve ça faux et dangereux.

Ta réaction forte vient plutôt que tu réalises qu'il y a eu des secrets dans ta famille. À moins que tu cherches à tout prix à ne plus supporter la liberté qui est la tienne, et qui a fait Anny Duperey que tout le monde aime.

Si tout de même la lettre du monsieur te paraît sérieuse (universitaire, etc.), si tu me l'envoies, je peux demander à mon amie ce qu'elle en pense du point de vue scientifique qui est le sien.

J'espère que cette lettre arrivera chez toi avant que tu ne te sois remise au boulot.

Je t'embrasse très affectueusement.

Nina

Je sais que certains de tes lecteurs t'ont donné des éléments importants concernant les faits que tu rapportes dans *Le Voile noir* (je pense au médecin anesthésiste). Ça, oui. Mais si quelqu'un décortique l'ensemble de ton œuvre, que ce soit du point de vue littéraire et qu'on te laisse tranquille pour ce qui est de ton être intime. Que ça t'intéresse, mais sans te troubler outre mesure !

Je te re-embrasse !

Nina

Le 14 ou 15 avril

Chère Nina,

Mon Dieu, quelle réaction violente !
J'en étais éberluée en lisant ta lettre. Me serais-je si mal
expliquée ? Ce monsieur ne m'a jamais parlé de gènes
en ce qui concerne ces fameux affects… Et si à son avis
cela peut se transmettre de génération en génération, il
avoue lui-même son ignorance du comment…
Et puis j'ai ressenti que tout ce bouillonnement en toi
allait plus loin et venait d'une révolte qui me dépassait
largement. Je me suis dit que j'étais en face d'une réaction et d'une colère typiquement juives.
Le fait d'être juif et ses implications dans le passé me sont
totalement inconnus… Toi, tu as touché ça – la guerre. Le
fait que des inconnus s'arrogent le droit de fouiller dans le
passé, dans celui des grands-mères, pour y découvrir
« la » tare, les conséquences que cela peut avoir.
Mis à part le danger de mort venant des autres, quels
secrets révélés, intimes aussi, en ce temps-là ?
Nous reviendrons à mon histoire après. Elle n'a pas une
grande importance. Mais ce que j'ai reçu de toi, là, m'a

vraiment surprise. Si tu veux, je peux t'expliquer le genre de surprise que j'ai eue, car j'ai été témoin (et actrice) d'une anecdote qui m'avait laissée exactement dans le même état.

Un jour, dans une soirée vaguement mondaine, mais où étaient présents à la fois plein d'artistes et de politiques, j'étais au milieu d'un petit groupe de personnes qui discutaient médailles, titres honorifiques, etc., et j'avouais avoir refusé le titre de « chevalier des arts et lettres » par indifférence totale envers ce genre de récompense et sachant aussi que ceci m'était proposé uniquement pour me remercier d'avoir soutenu la candidature de Mitterrand en 81 – alors non !

J'ai vu devant moi un monsieur d'une bonne soixantaine d'années devenir rouge de colère et il m'a dit d'une voix basse (il s'est arrangé pour me le dire à moi seule) : « Mais enfin, vous êtes folle ! Il ne faut jamais refuser aucun titre officiel ! Savez-vous qu'en cas de guerre vous pourrez grâce à ça profiter d'avantages, de protections, et être dans les *premiers à partir.* »

Je suis restée idiote, comme une petite fille mise tout à coup devant l'horizon d'un vécu qu'elle ignorait totalement. Je n'avais rien à répondre, rien à défendre – car j'étais, moi, dans la méconnaissance. Je venais de recevoir une leçon d'histoire, d'autant plus efficace qu'elle m'avait été donnée par une réaction viscérale, émotive, un morceau d'histoire qui était dans le sang de quelqu'un, du vraiment vécu.

Je n'aurais pas « reçu » un discours, une explication froide, car j'aurais pu alors argumenter, rétorquer, balayer moralement…

Là, non.

Je suis, toute proportion gardée, un peu dans cet état vis-à-vis de ta réaction si violente.

Il y a dans ta véhémence quelque chose de la réaction de ce monsieur, quelque chose de profond, de moins précis bien sûr, mais d'aussi grave.

Ceci mis à part, il est vrai que j'ai profondément adhéré, et immédiatement, à ce que me disait cet homme. Mais adhéré doucement, comme quelque chose d'accueilli en moi, pas douloureux du tout, au contraire. Une reconnaissance assez douce, oui.

En tout cas, rien de ce que tu redoutes. Rien à voir avec une idée de viol ou de distorsion intellectuelle, etc.

D'abord, je crois que cela tient au fait que j'ai tellement nié, tué en moi, l'idée d'appartenance à une famille, à une région, après la cassure irréversible d'avec les parents, cassé moi-même tous les liens qui me retenaient à la chaîne familiale, que ce monsieur arrivait à point pour m'en redonner l'IDÉE. J'ai, grâce à mes gros efforts depuis des années, récupéré une mère, une idée de mère – c'est déjà ça ! Mais pas plus loin…

C'est peut-être l'acceptation enfin d'être d'une lignée, de le reconnaître, qui m'a été douce, oui.

Et à travers cette hypothèse qu'il me proposait, l'idée tangible du lien – pas seulement cette chose aussi abstraite qu'une arrière-grand-mère, avec autant d'indifférence devant la notion d'aïeule qu'on ne connaît pas que devant une potiche du siècle dernier dont on te dit qu'elle est à toi. Ah oui ? Et alors ?…

Je n'ai pas vraiment besoin de cette histoire qu'il me propose pour vivre – non. Je n'ai pas non plus besoin d'explication qui me démontre (« démonte », oui, peut-être ! j'avais écrit ça d'abord !) pourquoi et par quoi j'ai été menée pour écrire ces quatre livres – non plus.

Mais j'ai comme reconnu quelque chose de vrai. C'est immédiat, ce genre de reconnaissance et, dans ce cas présent, très doux.

C'est vrai que sans « sauter » sur cette idée d'une transmission possible des affects d'une génération à l'autre, elle me semble tout à fait possible.

Il s'agirait plutôt d'une imprégnation, au niveau de l'inconscient, d'une sensibilité à la résonance d'une ancienne blessure.

Bien sûr, certains descendants peuvent avoir une nature propre assez imperméable, qui ne s'imprègne pas, et d'autres sont plus aptes à ressentir ce qu'on leur transmet profondément.

Dans le cas de ma famille, si cette chose est vraie, il est sûr que c'est l'aînée des filles qui héritait de cette douleur, de cette peur de l'abandon et de cette peur aussi d'être une mauvaise mère, donc on se colle à sa fille – on en fait trop…

C'est vrai que c'est flagrant du côté de ma mère. Et reconnaître qu'une vieille blessure de famille ait pu sous-tendre ma nécessité d'écrire, *en plus* de mon problème d'orpheline, ne me révolte en aucune manière. L'idée de résonance intergénérationnelle ne me gêne pas, non. Ta part de liberté avec ça, c'est de faire avec ta nature, tes moyens. Là est ton libre arbitre ! Tu peux reproduire ou combattre ou t'en servir, à toi de faire avec ton tempérament. Ta liberté d'individu est celle-là par rapport aux événements extérieurs, pas plus. Pourquoi n'en serait-il pas de même pour des événements intérieurs ? Et antérieurs à toi ?

C'est ainsi en tout cas que je ressens possible ce que me dit ce monsieur.

Ça m'est utile, je pense.

Je crois que tu es encore plus orgueilleuse que moi ! Que ta personnalité et ton libre arbitre ne doivent en aucun cas être attaqués par un soupçon d'héritage ou d'influence, etc. « C'est moi et moi seule qui suis ainsi – ce que je suis, je le suis PAR MOI. » Non ?

J'ai été absolument comme ça – à revendiquer mon unicité – tout par moi seule, oui. J'ai eu cet orgueil, mais il me semble qu'il tend à s'assouplir…

Ha ! Quelque chose d'important !

Car là, je ne suis pas d'accord avec toi.

Il s'agit de la stricte frontière littéraire derrière laquelle doivent rester les lecteurs. Je ne suis pas du tout d'accord. D'abord parce que j'ai écrit au JE, des livres intimes, sans recours à aucun masque (fiction, forme poétique, etc.) et que, du coup, j'acceptais implicitement le risque d'être interpellée directement (ou plutôt j'en appelais la CHANCE – sans m'en être vraiment rendu compte – et sans ce « risque », il n'y a pas de chance possible).

On peut se dire que ce risque doit se maintenir dans une certaine limite. Mais où est-elle ?

Qu'est-ce qui est vraiment dans un livre ? Ce qu'il y a strictement dans les mots ? Ou ce qui déborde des mots et qui va plus loin, même malgré toi ?

Les quelques lettres « à haut risque » que j'ai reçues émanaient de gens qui avaient tous beaucoup hésité à outrepasser cette frontière.

Et heureusement qu'ils ont pris ce risque ! Sinon il ne se serait rien passé.

Il faut que certains osent sauter le pas du bon goût, de la pudeur, de la frontière littéraire, prennent le risque de se tromper pour que jaillisse parfois quelque chose de vrai, de vivant (même de la colère ou du rejet, si par hasard ils se trompent !). Sinon, nous serions tous restés à ronronner dans les bons sentiments, l'émotion qui ne déborde pas et je n'aurais rien appris, rien changé. Nous serions restés dans le littéraire sans toucher la VIE. C'est toujours violent, non, de faire quelque chose qui vit ?

À mon avis, la lectrice du *Voile noir* qui m'a écrit cette première lettre si brutale à propos de l'oxyde de carbone et du fait que j'aurais possiblement été asphyxiée moi-même[1] a pris un plus grand risque encore que ce monsieur à propos de mon arrière-grand-mère.

Et quelqu'un dans mon entourage a réagi à ça avec une colère immédiate et pour moi totalement surprenante, à propos de cette fameuse frontière à ne pas franchir ! Lui aussi !

C'est F., mon ami médecin. Quand je l'ai appelé encore sous le choc de la révélation, mais ayant immédiatement reconnu une vérité et senti à quel point elle était importante pour moi, à quel point elle allait me faire avancer une fois le choc passé, il a littéralement explosé au téléphone ! « Mais enfin de quel droit ! De quoi se mêle-t-elle ? Tu as ton idée de ce qui s'est passé, on ne doit pas faire bouger ça ! »

Et moi totalement éberluée, essayant de le calmer, de lui faire comprendre ce qu'il y avait de bon là-dessous – et qui était de plus, tellement évident ! Mais il ne pouvait ni le voir ni le comprendre tant était grande sa colère contre cette personne, d'avoir pris ce risque justement.

Il y a viol, oui.

---

1. Les parents d'Anny moururent asphyxiés par oxyde de carbone. Anny se sentait coupable de s'être rendormie sans pouvoir les sauver. Elle n'avait jamais pensé avoir été intoxiquée elle-même.

Moi, je l'accepte.

De toute manière, je n'ai pas le choix, j'ai ouvert la porte !

Mais c'est là que j'ai peut-être une confiance en moi-même supérieure à celle que tu me prêtes : je me sens apte à repousser toute tentative, toute incursion intime que je sentirais fausse. Ça se fait tout seul. Et sur ces deux lettres (l'effet sur moi de l'oxyde de carbone et l'arrière-grand-mère abandonnée) j'ai ressenti physiquement le même doux déclic immédiat de RECONNAISSANCE (dans les deux sens du terme). Tu vois quelle confiance j'ai en moi, certaine de ne m'ouvrir qu'à ce qui est vrai ! Même si ce déclic de reconnaissance peut s'accompagner d'effets de choc extrêmement désagréables. Le fait que la lettre-révélation sur l'oxyde de carbone m'ait fait gémir et hurler et me rouler physiquement par terre n'empêchait pas, en même temps, une douce reconnaissance intérieure.

Dernier petit mot avant d'envoyer cette lettre.

Je suis tout à fait d'accord avec toi en ce qui concerne la psychanalyse et les artistes. Ce n'est pas probant...

J'en fais moi-même l'expérience. Ma résistance à la chose est extraordinaire – ça ne « marche » pas. Du moins pas dans le sens classique du terme. Pas de « transfert », pas de dépendance à mes séances, etc.

Mais je continue quand même à aller voir le psy que j'avais consulté dès la fin du *Voile noir*, car il m'a beaucoup aidée. Je le trouve intelligent, il est très amateur d'art et de littérature, et surtout il a accepté de n'avoir avec moi aucune « méthode » – et nous avons de longues discussions dont il prend sa part active : il parle beaucoup !

Ça m'aide bien.

Mais il n'y a pas de vrai profond laisser-aller, non.

(Le nombre de fois où j'ai écrit « vrai » dans cette lettre est incroyable !)

C'est près de quelle grande ville, Bessy-sur-Cure ?
Je t'embrasse.

Anny

Paris, le 6 juin 94

Chère Nina,

Pardon de ce long silence. Comme nous avions parlé d'importantes choses avec des points de vue différents, il m'est apparu que tu pouvais interpréter ce soudain silence de manière négative.

Non, rien de négatif. Ce subit freinage est dû au fait que j'ai été plongée dans des faits et réactions très concrètes, immédiates, et que je me suis colletée avec, sans pouvoir prendre aucun recul. Or s'asseoir à une table et écrire supposent déjà du calme – du moins un certain calme – et une disposition à l'objectivité : ce n'était pas le cas…

Je préférais bouger, m'occuper des enfants, parler avec Thierry.

On a conscience de temps en temps de « réparer ». On goûte ce qui nous a tant manqué avec l'autre. Pour ma part, c'est la paix, la douceur. Et avec cet homme si doux, je me donne, je crois pour la première fois, « le temps d'éprouver ». Je me permets d'être, sans avoir toujours un projet, un livre en cours.

Parfois une culpabilité : « Ma vieille, tu devrais avoir une petite envie de création, tout de même, tu ne vas pas prendre ta retraite… »

Sans aller jusqu'à penser, comme me le disait il y a quelques mois mon « meilleur » ami, que d'être heureuse ainsi ça n'est plus de mon âge… Ma plus belle création, pour le moment, c'est de vivre ça lentement, précautionneusement.

Un de mes vrais problèmes est de vivre l'amour ET les enfants. J'essaie de faire au mieux, mais je suis tiraillée entre les deux. Avec, souvent, beaucoup de culpabilité. Ha ! La hantise d'être une mauvaise mère, quand elle a hâte de les coller au lit pour rester avec son homme. Elle toute seule pour son homme et les deux autres qui appellent, se relèvent, ont peur, froid, soif, envie de parler, etc., etc.

Ai-je le droit, sans être une mère indigne, de fermer la porte ?

Je ne m'en sors pas trop bien…

La petite, elle, s'est collée dans la tête qu'il fallait que nous ayons un bébé. J'ai eu beau lui expliquer que, en ce qui me concerne, c'était peut-être un peu tard et que la nature faisait que je ne fabriquais certainement plus beaucoup de petits ovules, elle me rétorque : « Mais essayez au moins ! Et puis c'est pas en se faisant des petits bisous de rien du tout comme je vous vois faire tout le temps, hein ! Non, faut y aller carrément, hein ? FORT ! »

Détail qui me surprend : j'ai de véritables crises de frivolité ! Je ne pense que robes, nouvelles chaussures, etc. Tout le monde me répète que je devrais arrêter de m'habiller avec des choses si larges. Il a suffi que Thierry me fasse un jour « waoou !! » alors que je testais ma première robe collante pour que je me dise qu'il serait peut-être temps de ne plus cracher sur le style près du corps. Le temps… le temps, bien sûr. Bien sûr, aussi, là-dessous il y a la peur du temps. De mon temps en plus par rapport à lui. Du temps qui me reste pour plaire de cette manière, peut-être.

Le temps à rattraper aussi – d'avoir nié ça si longtemps. Petite part de panique et grande part de joyeuse envie de plaire.

J'ai l'impression, depuis la fin des livres et ma rencontre avec Thierry, de découvrir, d'expérimenter des pulsions, des sentiments que je m'étais sans doute interdits avant. Ça donne parfois un curieux décalage. Un peu, toutes proportions gardées, comme une fille qui n'aurait jamais joué à la poupée et qui découvre ça à quarante-sept ans. Tu vois le tableau !

Il y a peut-être aussi comme une réaction à ces quatre-cinq ans passés à mariner dans la mort, le deuil.

Saine réaction ? Ou puérilité affolée ?

Qu'en penses-tu, toi ?

Bises.

Anny

Le 8 janvier, je crois… 1995

Chère Nina,

J'ai commencé deux tableaux. Une véritable frénésie de couleurs, un profond sentiment de retour aux sources, nécessaire. (D'ailleurs j'avais commencé par ça avant que la comédie ne me semble plus attrayante, plus « vivante ».) Tu vois, j'attends pratiquement que le jour se lève pour aller continuer ma symphonie de rouges-roses derrière trois oranges et un bouquet violet parme.

Les enfants sont formidables, l'ambiance est délicieuse. On y est arrivé.

Je me rends compte, en relisant tout ça, que cette symphonie de bonheur, ce chant, peut paraître à la limite du ridicule. Ça fait beaucoup, non ?

Enfin, dans tout ça, il faut bien un couac, bien sûr…

Le couac, il me concerne, il concerne ma souffrance toujours intacte, vivace, pour la Creuse. C'est bloqué, ça ne passe pas. Ça y est, je suis en passe de me refaire un kyste de regret style « paradis perdu ». Et c'est reparti pour un tour ! *Le Voile noir* à peine digéré, on se recolle une dose de manque…

Je suis assez lucide sur le mécanisme, tu sais ! Je la vois bien la saloperie perverse : une douleur de trente ans si pleine, ça laisse un putain de vide. Et l'amour a beau combler petit à petit, les choses se recentrer comme les viscères se replacent doucement après l'accouchement, il reste quand même un creux pendant un bout de temps, et la bonne vieille habitude de sa petite souffrance planquée. Pas facile de se hisser vers le bonheur sans ce marchepied...

Je connais, je sais. Eh merde, ça n'empêche rien ! C'est décourageant. Seulement, voilà, je ne veux pas m'enliser là-dedans, me re-nourrir un « regret éternel ». On me dit que je devrais faire le deuil de la Creuse... Mais en ce qui me concerne, j'appartiens à coup sûr à la catégorie qui ne brise pas les liens, qui ne peut pas rayer.

D'un côté, je reconnais qu'il y a dans ce trait de caractère un côté réactionnel à mon choc d'enfance – la coupure, table rase, on doit tout quitter et repartir, j'en ai soupé pour la vie entière ! Et quand j'entends, en plus, qu'il faudrait couper soi-même les liens alors que le destin ne le commande pas, là, je suis proche de la révolte et de la colère ! En vertu de quelle loi « saine » faudrait-il couper tous les liens en même temps ? Sous prétexte qu'il y a eu juxtaposition de deux rapports d'amour, que l'un soit condamné en même temps que l'autre, parce qu'ils se sont côtoyés ?

Je trouve là-dedans une espèce de barbarie obtuse, de simplification idiote. Cette version « sacrificielle » me fut défendue par F. : je m'étais séparée de Bernard donc il ne fallait plus que je pense à la Creuse, je devais faire le deuil, nanana, nananère. Et pourquoi ? Pourquoi amalgamer à tout prix la relation qu'il y a eu avec quelqu'un avec toutes les relations adjacentes pour faire le sacrifice du tout, comme on brûle les veuves en Inde sous prétexte que le mari est mort ? Ça me fout hors de moi, cette simplification. Ce n'est pas vrai, ce n'est pas la vie, c'est de l'arbitraire, du sec, du principe qui tue le sentiment parce que c'est plus net, ça fait plus propre. Incapable de gérer des émotions complexes, on simplifie, on brûle, on fait « table rase », on « tourne la page », c'est tellement plus simple. F., ami délicieux un tantinet mondain, noyé dans le boulot et les dîners en ville, est un véritable plouc en ce qui concerne sa vie affective – à tel point qu'à soixante ans il se retrouve seul dans un appartement gris et vide sans trace de couleur ni aucun désordre, où il s'assèche doucettement tellement il a simplifié.

Et il voudrait faire de ce fiasco une loi ?!

Je suis de celles qui rêveront toujours de sauver les liens, de sauvegarder ce qui peut l'être, de conjuguer. Et je me sens coupable de beaucoup de choses sauf de celle-là. Je ne considère pas comme une faiblesse ce reste d'attachement, cette continuité de conversation malgré les ruptures ou l'éloignement avec les lieux ou les gens qui ont été importants dans ma vie. Parfois, oui, il y a vraiment cassure, oubli. Ça se fait tout seul, c'est naturel. Ça sort de ta vie, c'est tout. Et certains lieux, aussi, sont quittés de la même manière.

Mais l'homme avec qui j'ai vécu pendant quinze ans, qui m'a fait deux enfants, ne ferait pas définitivement partie de ma vie ? Allons donc ! Rayer, ce serait comme me nier moi-même. Nier que ceci (aujourd'hui) découle de cela (hier). C'est totalement idiot. J'ai l'impression qu'il est important pour mon équilibre et mon progrès dans « aujourd'hui » de continuer à avoir un rapport, à faire le point sur « hier ». C'était moi, aussi.

Je ne sais pas comment se débrouillent ceux qui « rayent ».

Personne ne sait combien ce lien avec la Creuse est nécessaire à mon équilibre. J'ai puisé tant de forces dans cet endroit. Je l'ai fait, je m'en suis nourrie, j'y ai écrit *Le Voile noir*, j'y suis heureuse. J'allais y reprendre des forces même pour quelques heures. C'est chez moi, c'est tout. Alors l'urgence est que je retourne là-bas.

À part ça, hier après-midi, tandis que je me faisais du mal à regarder les fleurs au parc de Bagatelle, trois personnes m'ont dit : « Vous êtes bien mademoiselle Duperey, n'est-ce pas ? Mais qu'est-ce qui se passe, on ne vous voit plus nulle part ? ! » Effectivement, j'ai professionnellement une éclipse tellement longue qu'elle flirte avec la disparition...

Sur ce, on me propose une pièce d'Oscar Wilde pour début septembre, *Le Mari idéal*. On me propose de jouer un personnage pas gentil du tout, c'est amusant. Il va falloir que je me décide dans les jours qui viennent.

Il fait jour, la couleur m'attend !

Bon Dieu, tout le monde dort encore dans cette baraque. On va attendre patiemment les réveils, les câlins. C'est trop doux. Savourons...

Je fais des progrès, hein ?

Je t'embrasse très fort.

Anny

PS : On m'a demandé un petit article pour *Le Nouvel Obs « spécial cinéma »* sur un film qui m'a frappé dans ma vie. Je n'avais jamais pratiqué cet exercice – j'ai essayé.

Qu'en penses-tu ?

À propos du film *Julia*

Julia est sorti sur les écrans français en 1978.

C'est un film de Fred Zinnemann adapté d'un roman de Lillian Hellman, *Petimento*, et magnifiquement joué par deux actrices, Jane Fonda et Vanessa Redgrave.

Ce film me causa un grand choc.

Dans un premier temps parce qu'il était question de guerre et que certaines scènes de violence, plus suggérées que montrées crûment, étaient insupportables (la défenestration de Vanessa Redgrave balancée joyeusement dans les airs par les militants fascistes, par exemple).

Puis, quelque temps après, je m'aperçus que ce film trouvait en moi des résonances profondes et que j'en gardais aussi une impression de douceur rassurante, de retrouvailles, d'accord avec une part secrète de moi-même…

À cette époque, aux alentours de mes vingt-cinq ans, je tentais encore parfois de défendre à haute voix cette conviction que les hommes et les femmes ne sont pas foncièrement si différents les uns des autres.

Cette idée d'affinité commune et donc de fraternité possible avec l'autre sexe m'était apparue évidente dès l'adolescence. Si j'avais bien remarqué certaines dissemblances – tant physiques que mentales – elles ne me semblaient pas nous éloigner les uns des autres autant qu'on voulait nous le faire croire. Le terrain commun restait de loin le plus large à mon sens.

Je m'étais déjà beaucoup fait rire au nez à ce sujet…

Et films, publicités, hommes (et femmes) que je rencontrais, tout et tous niaient hautement ma conviction de fraternité, d'identité commune, et revendiquaient l'opposition fondamentale des sexes, comme s'il fallait à tout prix que l'autre fût un étranger pour lui trouver quelque charme, le conquérir ou le mépriser. Quelques réactions violentes m'avaient tout de même laissé entrevoir que pour certains (et certaines), à défaut de trouver qui ils étaient, il était plus commode de décréter contre qui… Moi, j'étais sur le point de me taire prudemment, mon intime conviction, mon grand espoir bien au chaud au fond de moi.

Et voilà qu'un film me parlait de courage, de peur, d'engagement, de surpassement de soi, de risque, d'action, et surtout d'amitié par la bouche de deux femmes – deux femmes très belles, nullement asexuées, simplement humaines au sens le plus large du terme et qui vivaient, se débattaient, grandissaient sur ce terrain commun aux hommes et aux femmes.

Et ceci d'évidence, sans la moindre trace de revendication, comme si cela allait de soi depuis toujours.

Ouf ! Merci, monsieur Zinnemann.

Plus tard, sur le plan professionnel cette fois, le lamento étant général sur la pauvreté des rôles féminins, je songeais qu'il suffirait peut-être aux scénaristes d'écrire de beaux rôles d'hommes avec des valeurs universelles, puis de changer simplement les prénoms – Maurice ou Albert deviendraient Françoise ou Sylvie, on adapterait quelques détails si nécessaire, et on y gagnerait de beaux personnages comme les deux femmes de *Julia*.

Je sais que les temps ont changé. J'espère que nous avons fait quelques progrès sur ce sujet. Mais tout de même, tout de même… si on essayait ?

Bessy,
Ce mercredi 24 mai 95

Chère Anny,

Heureuse du projet Wilde. Je pense qu'un rôle de
« vacharde » te plaira à jouer. Il me semble que pour
une comédienne comme toi, avec toutes les patiences et
désirs contrariés pour la Creuse que tu as assumés ces
mois derniers, ça peut être jubilatoire.

Je comprends bien ton point de vue : si on considère
qu'on est pour une bonne part ce qu'on a fait dans la
vie, le tissu, trame et chaîne, des « liens » ne devrait pas
être déchiré quand on déroule plus loin le rouleau – en
effet, pourquoi briser ? Mais en y regardant de plus
près : question – une séparation n'est-elle pas une
épreuve de force, qu'on le veuille ou non ? On change
son destin. On le prend en main. On n'accepte pas, etc.

Je crois que tu vas être absorbée par les répétitions,
peut-être un jour la suite logique du *Voile noir* sera
cette quête, ce besoin, cet amour pour cette maison au
creux de la Creuse comme tu dis.

Je vois de plus en plus que le temps travaille (quand il ne s'endort pas, veiller à ça !). C'est le cas par exemple pour l'expo qui finalement a l'air de me rattraper. Ça me plaît : dans la laiterie du château de Champs-sur-Marne. Il faut pour y accéder traverser un bout de superbe parc. Une mise en condition à mon goût !

Je prépare aussi mes deux mannequins que je transforme… en anges (un blanc, un noir).

Je t'embrasse.

Nina

Creuse (…)
Le 7 ou 8 juin 95

Chère Nina,

Tu dois être surprise de recevoir une lettre de là-bas, mais Bernard a finalement bien voulu que nous allions en Creuse. Ça m'a beaucoup touchée.

Nous y sommes, donc…

D'abord, le voyage fut patient, calme. Ce qui m'a frappé, après La Châtre, c'est combien j'aime ce paysage. Ce bordel de petits champs, les murs en pierre sèche, les chemins… Je dis « après La Châtre » parce que c'est très spécial, il y a vraiment une frontière. Avant, la terre est plus riche, il y a eu remembrement, c'est remanié, utilitaire. Il reste quelques coins harmonieux, autour des villages, mais le périmètre n'est jamais bien large avant de retomber sur le cultivé rectiligne.

Après, j'ai retrouvé ces kilomètres de paysage intouché. Je me suis dit : « Ça y est, on entre dans le VIEUX PAYS. » Ça m'est venu comme ça, d'appeler la Creuse « le vieux pays ». Et j'étais émue aux larmes, c'était vraiment un retour. En somme, je suis profondément attachée à mon vieux pays...

Puis j'ai retrouvé le jardin. Magnifique. Depuis que je l'ai quitté, il y a plus d'un an, j'avais en mémoire la place de toutes les plantes, je connais le jardin centimètre par centimètre. Il est en moi. J'avais même suivi en pensée la progression des dernières vivaces que j'y avais plantées, et je n'ai pas été surprise quand je les ai vues – elles avaient poussé comme je l'avais imaginé. Je les avais « suivies » de loin. C'est bien un sentiment d'exilée ça, non ? Mais les rosiers et clématites mélangés débordent des murs, tout a pris une telle ampleur que beaucoup de fleurs sont étouffées sans que nul ne s'en soucie. À part cela, c'est tondu, impeccable. Pas un pot ne traîne, pas une herbe folle.

D'abord je me suis dit « comme c'est beau ». Puis mon émotion est restée coite. Peut-être parce qu'une sorte d'immobilisme se fait sentir. Un jardin figé façon jardin public.

J'ai commencé à être un peu triste. À me sentir inutile. J'avais pensé planter pour l'été un petit carré de salades – juste ça. Mais la mère du jardinier avait déjà planté des salades. Et de la ciboulette et de tout. Plus de place...

Enfin, tu vois, quoi.

Et pourtant, c'est beau. Et c'est à moi, quoi qu'en disent les papiers, car j'ai tout planté et soigné. Et en même temps, c'est loin. Trop parfait. Plus vivant.

Une seule chose jure dans l'harmonie des rose-bleu-jaune que j'ai respectée partout : des potées de géraniums érigés, rouge vif, affreux, qui tranchent méchamment au milieu du reste. Ça, je sais que c'est la seule demande de Bernard au jardinier en ce qui concerne les fleurs. Il s'est résolument arrêté au géranium raide et

82

rouge. Il en voudrait partout car il ne connaît que ça. Je trouvais qu'il avait un goût de concierge pour les fleurs… Et me voilà le nez dessus. La maison, c'est pareil. Il a retiré la grande table où les enfants dessinaient, qui était toujours un joyeux bordel de pinceaux, de scrabble… c'était très gai. Il n'y a plus maintenant que des fauteuils, des canapés disséminés de-ci de-là (où personne ne s'assoit car nous sommes tous des « actifs » – enfants compris). Tu ne peux pas savoir comme c'est triste.

Hier, j'ai enfin empoigné une pelle pour déplacer cinq ou six touffes totalement enfouies et écrasées sous les rosiers. Vaut-il mieux laisser tout en l'état ou remettre (un peu pour sauver quelques-unes de mes petites racines) la main à la terre ? J'ai mis quatre jours à me décider – et au moment où je m'y mettais est arrivée une pluie diluvienne… Je reconnais bien le sentiment qui me rend le bras si lourd et le cœur si muet au moment de prendre la pelle. Il s'appelle *découragement*.

Je ne sais s'il faut lutter…

Allez. J'aimerais bien parler d'autre chose mais ça m'affecte fort, comme tu le vois.

Je t'embrasse.

Anny

PS : Mon Oscar Wilde prend corps et forme d'une manière très positive. Je le sens bien !

Bessy,
Le 24 juin 95

Chère Anny,

Ici le conservateur du château est venu. C'est pas une expo qu'il veut, c'est une rétrospective ! Ce qui prouve que le temps est temps. Ce qui m'a étonnée, c'est que ma lutte complètement solitaire contre le marché, les marchands, les écoles, c'est ça qui l'intéresse ! Il faudra que je retrouve quelques œuvres clés chez des collectionneurs. Peut-être voudras-tu bien prêter un des deux tiens : c'est le ministère de la Culture qui garantira les œuvres, les transports « de chez les privés », comme il dit. J'ai travaillé comme une brute ces deux derniers mois. La peinture. J'arrive à quelque chose qui colle au monde actuel. Mais voilà que la question « comment être arrivée là » semble intéresser ! Je pensais que ça n'intéresserait personne avant longtemps. Quelquefois les événements se précipitent. Comme si l'horloge faisait du surplace, et puis deux tours de cadran d'un coup. Il faut te dire que ce conservateur est un homme libre dans sa tête (c'est rare). Qu'il suit mon œuvre depuis vingt ans. Et en fait ne suivait pas au début ! Et tout d'un coup ici à Bessy, il prend le tout, pour trier les points forts.

J'avais bien envie d'envoyer mes deux mannequins. Refusé : « On prend la partie sérieuse de votre œuvre. » Et pan sur le bec !

Pour une fois que je voulais faire passer ce que j'appelle l'art de vitrine !

Ici, cinq bébés hirondelles habitent encore le cellier. Le boulot des parents, je te dis pas. Les rosiers, tous différents les uns des autres, commencent à dire. J'ai passé tout à l'heure deux heures avec une pince à épiler à enlever les pucerons. Connais-tu un autre moyen ? (À part les produits qui font du mal aux abeilles.)

Quand commences-tu tes répétitions ?

Avant de clore, je relis la fin de ta lettre : le gros problème avec la Creuse, c'est que tu es affectée. Si j'osais, le salut est dans la fuite…

Je t'embrasse,

Nina

PS : Je suis élue conseillère municipale ! Énergiquement refusé de passer « adjointe ». Dans un village, être adjoint, ça veut dire une « emmerde » à résoudre par demi-journée. Pas venue ici pour ça !

30 juin 95

Chère Nina,

Commençons par les roses. Ah ! les pucerons ! Certains vont jusqu'à lâcher dans leur jardin des quantités de coccinelles achetées exprès.
C'est, paraît-il, radical. L'ennemi du puceron, c'est la larve de coccinelle – elle peut en gober des quantités tous les jours. Il existe aussi des insecticides systémiques, qui se mettent dans l'eau d'arrosage et rendent la sève empoisonnée pour eux et bien sûr pas pour les abeilles. Il y a aussi quelques traitements – insectes + maladies – qui ne sont pas dangereux pour les abeilles non plus. Regarde du côté des marques de l'institut Pasteur. J'avais trouvé pour les chenilles un produit inoffensif pour l'environnement qui – tiens-toi bien ! – bloquait simplement les mâchoires des petites bêtes. Ingénieux, non ? Si tu donnes parfois quelques sous pour l'institut Pasteur, ça peut servir aussi à ça. Tu t'imagines le temps et le travail qu'il faut pour arriver à trouver comment bloquer les mâchoires des chenilles ?! On rêve.

Je ne sais ce que tu fabriques avec les anges. Tu m'en as dit très peu de chose.

Le vieil ami dont je parle à la fin du *Voile noir,* mon « parrain de deuil », en quelque sorte, croit fermement à un « suivi » de nos morts pour nous. Il en a personnellement eu une sorte de preuve éblouissante un jour. Le genre de chose qui te laisse hébétée et émerveillée, tous les doutes (légitimes !) balayés d'un coup. Mais ça ne vaut, je le pense, que pour ceux qui l'ont vraiment personnellement vécu. Pour les autres, même si tu as une croyance absolue dans la parole de celui qui te raconte (ce qui est le cas), ça reste une histoire – une belle histoire pleine d'espoir, mais ça ne peut pas te faire verser dans une foi totale envers cela.

L'histoire en question vaut d'être racontée.

M. avait un frère, mort pendant la guerre. Pendant toute la période où ils se cachaient, ils arrivaient parfois à communiquer, et ils s'étaient choisi tous les deux une petite phrase-code connue d'eux seuls pour être certains des messages. Et puis son frère a disparu.

Bien des années après, chez des amis, il rencontre un monsieur d'un certain âge, et au milieu de cette soirée celui-ci le prend à part, lui dit qu'il a un don médiumnique et qu'il a quelquefois commerce avec les « esprits ». Puis s'excusant presque, car cela était hors sujet au cours du dîner, il dit : « Je crois que j'ai un message pour vous. Depuis tout à l'heure, "on" me dit de vous transmettre ceci… » Et il lui sort la petite phrase-code. Tu imagines ce que ce genre de chose peut produire…

Bien que j'aie en la parole de M. une confiance absolue, il n'y a que lui qui puisse en retirer cette certitude lumineuse avec laquelle il vit depuis.

Il n'a pas cherché ensuite les contacts volontaires. Il n'a pris que ce qui lui était donné. Et c'était déjà beaucoup. Mais il a beaucoup lu sur le sujet. Il m'avait donné un livre assez étonnant, mais je n'ai pas été jusqu'au bout car je n'ai pas trouvé pour moi – peut-être à ce moment-là – l'emploi intérieur de ceci.

Ma pièce va bien. Tout se met en place très positivement. Je travaille demain avec la costumière : c'est un véritable artisan. Elle fait des splendeurs dans lesquelles tu es si bien que tu vivrais dedans tous les jours sans difficulté – du moins moi ! J'ai une adaptation immédiate au corset !

J'attends les lectures et le metteur en scène. Tout ça me semble assez gai. Je crois qu'on peut faire un succès. Et ça me plairait bien de faire un succès ! Pour le joyeux de la chose.

Tu vois, pour la première fois depuis bien longtemps, je ne commence pas mes lettres par cette foutue Creuse ! Bon. Venons-y, quand même.

Bien reçu ton avis… Tu me conseilles de fuir. En principe, je crois que tu as raison. Mais je crois que je ne vais pas m'enfuir tout de suite, car il y a des choses importantes à vivre à travers le problème de cette maison.

L'enjeu final ne sera peut-être pas la maison en elle-même, mais ma plus grande liberté. Déjà ça bouge !

J'ai des éclaircissements, des progrès à faire en vivant cette situation.

Je t'embrasse.

Anny

Ce mercredi 12 juillet 95

Chère Anny,

Recommençons par les rosiers : nous avons trouvé ici cinq roses anciennes qui ont résisté aux travaux et ajouté à cela des petits plants qu'on m'a donnés qui buissonnent et nous font quelques belles surprises, un peu classiques pour mon goût. Je me débrouille pour les pucerons, avec mes doigts. Entendu Michel le jardinier dire qu'avec la main verte (que je crois avoir) c'est un moyen valable. J'adore les coccinelles, ça sera pour l'année prochaine.

Je te parlerai à la rentrée des tableaux qui seront empruntés par le ministère pour cette rétrospective qu'ils organisent. Je crois t'avoir parlé du projet ? Nous cherchons ceux qui sont fortement indicatifs de mon itinéraire. Le conservateur m'a proposé comme titre : *Errances*.

Moi je trouve le mot beau. J'ai des amis qui craignent qu'on n'y voie des hésitations (« errances » ne doit pas être confondu avec « errements » !).

Mes anges-mannequins ressemblent à des oiseaux. J'aimerais bien que tu me dises ce que tu en penses si tu viens.

La maison ne désemplit pas (je rince les draps encore et encore).

Lendemain matin

Pour une crise, ça s'appelle une crise. Je crois que tu n'as rien à faire de quelqu'un en crise. Mais voilà, pour la première fois, cette nuit, insomnie. Ça doit être l'accumulation : visites, crises des enfants, fatigue de Guillaume, etc.

Bref, la rage commençait, et j'ai fait un sort à mes mannequins. Je les ai démolis avec une pioche ! Figure-toi, l'envie de tuer n'est pas loin enfouie dans l'âme humaine !

Je n'imaginais pas à quel point on court de plus en plus de risques de ne pas rester ce qu'on est, avec l'âge. Il faut vraiment une énergie formidable pour résister à des pressions très imprévues et très insidieuses. Et le refuge dans la maladie…

Bref, je pense que j'arrive au moment où on aurait envie de s'aider un petit coup (un petit litre caché dans un recoin, y en a qui…).

Tout de même, j'aimerais, tu vois, devenir quelqu'un de lucide, calme, rassurante, organisée, grande artiste, excellente grand-mère, parfaite conseillère, qui paraît pas vraiment son âge mais l'avoue, forte, douce, tout ce que la vie peut nous apporter d'expérience et de sagesse comme un bouquet dans les bras, à offrir à sa famille, à ses amis.

Mais je n'ai pas envie d'être édulcorée, je sens qu'il me faut de la rage pour sortir ce que je dois sortir. Est-ce

une course contre la montre ? C'est bien la première fois que je me pose la question !
Je t'embrasse,

Nina

PS : Je ne me relis pas, pour t'envoyer ça.
Je ne t'aurai parlé que de moi ! Je joins un texte que j'ai commis : j'y parle des anges à ma façon, ils me soutiennent le moral !

Creuse – 26 juillet 95

Chère Nina,

Après avoir lu et relu ta lettre, une chose m'apparaît : il me semble qu'il faudrait qu'on te foute la paix.

Es-tu partie vers les campagnes pour te retrouver avec une maison sans cesse pleine, te taper des triples-quadruples lessives de draps ? Tu m'avais dit, il semble m'en souvenir, que c'était pour être sûre de ton cap « dans la dernière ligne droite ».

Cela suppose, effectivement, du calme, du recul, une sorte de plénitude sereine (ô ce portrait idéal de toi !).

De loin, il me semble que tu t'agites beaucoup…

Je crois que, oui, tu as peur. De la vieillesse, de la maladie et… de la sagesse. La rage t'a-t-elle vraiment physiquement fait détruire les mannequins ? Bon Dieu ! Quelle personne violente tu es ! Et riche ! Faut-il se sentir riche de créativité pour détruire ainsi quelque chose que tu m'as dit pouvoir penser à exposer ! Moi, jamais je n'aurais déchiré la moindre page. Ha ! Ça non ! J'ai la création trop peu prolifique. Tout doit donc servir, comme dans un ragoût la moindre carotte quand elles se font rares ! Je ne pense pas avoir jamais jeté, en quatre livres, plus de quinze ou vingt lignes. Sans mentir. Mais revenons à toi, si prolifique – de créativité, d'énergie, de rage.

As-tu vraiment besoin de cette rage pour sortir ce que tu dois sortir ? Ou, la rage étant là, lui trouves-tu cette utilité, pour qu'elle serve à quelque chose sans trop chercher d'où elle vient ?

L'ennui avec des personnes aussi douées d'énergie que toi c'est que TOUT passe par l'énergie. Passent dans le grand courant énergétique les lessives, le soutien à Guillaume, la pâte à tarte, les pucerons et tout à coup, dans la foulée, tu te retrouves à tuer des mannequins. Si tu ne foutais absolument rien pendant trois jours que se passerait-il ? En es-tu capable ? Est-ce que Guillaume ne se laisse pas aller pour deux ? Est-ce qu'il n'est pas angoissé pour deux ? Malade pour deux ?… Vieux pour deux ? C'est si terrible les couples, je crois. Je veux dire au point où vous en êtes, quand le temps de la découverte est passé et qu'il reste la terrible, impitoyable balance vitale. Es-tu sûre de ne pas l'écraser par toute cette force et cette révolte ? Qu'il n'appuie pas désespérément sur l'autre plateau pour contrebalancer vers calme et sérénité – même si ça prend la forme maladie. Il somatise, peut-être ?

Je vais au hasard, au jugé – mais j'y vais parce qu'une lettre postée comme ça au matin d'une insomnie appelle une réaction rapide. Tu feras le tri !

Les répétitions sont un vrai bonheur. Je t'en parlerai plus dans quelque temps.

Je t'embrasse,

Anny

Chère Anny,

Ce crayon gris vient de me tomber dans la main : serait-il le signe d'un adoucissement de mes mœurs et caractère ?

Tu es la première personne dont j'aie suivi le conseil à la lettre.

1er jour : rien fait. Rien de rien.

2e jour : lu.

3e jour : je prends dans la bibliothèque un livre.

Un livre de La Bruyère, qui me fait penser que rien ne change fondamentalement dans les caractères humains ! Alors je me suis relevée...

J'ai eu peur de cette fatigue.

À propos des mannequins : j'ai massacré le premier, pas vraiment le deuxième (c'est fou ce que le papier mâché et la colle des années cinquante sont solides). La pioche en était tordue. J'ai pris les cadavres, les ai installés dans l'Atelier. L'une figure maintenant l'idée de la Bosnie, ou de n'importe quelle femme n'en pouvant plus d'une guerre.

L'autre, restée debout, est mon Antigone de toujours.

Je savais avoir fait ces mannequins, avant leur meurtre, par pur plaisir. C'était joli, mais, pendant les coups de pioche, je me disais (petite voix intérieure au fond du tumulte coronarien !) qu'il (me) faut une fureur pour atteindre ce que je cherche. Une vraie fureur, celle qui fait passer à travers les murs des conventions. C'est là que mon énergie maintenant ne veut plus se disperser. Il faut que je sois envahie par une urgence de créer quand je travaille.

L'erreur évidemment, dans les entre-deux, c'est de ne pas changer de vitesse pour les besognes. Peut-être est-ce parce que je crains de m'ennuyer dans la besogne.

Toi, ton attention se porte pleine et entière sur ton métier de comédienne mais aussi peinture, écriture, mosaïque, problèmes sociaux, jardin, roses, couture, tenue de la maison et, quoi que tu dises, les enfants ! Etc., etc., tout ça fait à fond.

En plus, tu peux pleurer ! La veille de la mort de mon père, j'avais rêvé que j'étais entourée dans la cour de récréation par des petites filles en ronde qui répétaient avec étonnement : « Elle ne pleure pas ! Elle ne pleure pas ! »

On a décidé de rester à Bessy, je n'étais pas loin de vouloir partir… n'importe où ! On aime la maison, le travail attend.

Je t'embrasse.

                                                            Nina

PS : Bon travail.

Chère Nina,

Je pense à toi. Je me demande où en est la crise.

Ton texte sur les « Anges » me plaît, surtout quand je reconnais ta voix sous le récit et que tu parles « direct » d'impressions, d'expériences de ta vie.

Ceci dit, ne te fie pas trop à moi. Je crois que depuis le travail sur *Le Voile noir* (et quelque temps avant déjà) je ne me suis mise à lire que des gens qui parlent « direct », sous forme de témoignage ou non, d'ailleurs. En fait, c'est le seul ton qui retienne vraiment mon attention. Dès que cela part dans une forme trop sophistiquée – fiction, poétisation, fantaisies narratives – je décroche. Je crois que c'est une période dans ma vie. Évidemment, ça me coupe de beaucoup de choses… Et c'est peut-être une des raisons pour lesquelles actuellement je ne lis plus.

Une autre de ces raisons est que je lisais beaucoup avant de dormir. Je ne pouvais parvenir à trouver le sommeil sans cela. Depuis Thierry, depuis le livre aussi, sans doute, je savoure la possibilité de rester ainsi, tranquille, et de m'endormir doucement, sans avoir besoin de me couper les pensées par les mots d'un autre – c'est vraiment délicieux.

Je termine mes quelques jours de vacances arrachés aux répétitions. Je me suis sentie un peu fautive de partir et puis… je savoure !

Je vois quand même mon texte tous les jours.

L'entente entre les trois enfants[1] est très bonne. Je m'attendais à ce que Gaël s'ennuie un peu entre les deux filles. Eh bien, pas du tout. Il n'a pas l'air de se lasser de ce grand temps à la campagne. Il devait en avoir besoin.

Demain départ de la Creuse.

Où en suis-je ?

Trop tôt pour dire, je crois. Je n'ai pas pris la pelle. Je sais bien que ce n'est pas vraiment la saison. Mais je veux dire, moralement, je ne l'ai pas prise. Je n'ai même pas mentalement déplacé une touffe de quelque chose. Rien. Même pas dit au jardinier. Pas le courage. C'est bien. C'est une phase. Je me laisse me désinvestir. Il me semble déceler en moi un changement important : je crois que je suis beaucoup moins en dépendance de cet endroit. Je l'aime toujours, je crois. Mais je me rapproche de cet amour raisonnable qu'on peut avoir pour… une maison. Non pas cet attachement viscéral pour une sorte de déesse-mère nourricière. Je suis à la fois soulagée et un peu triste de le constater. C'est toujours triste, une passion qui s'éteint, non ? La féerie s'estompe. Le jardin fantastique redevient un jardin.

Avant, le regarder me faisait chanter le cœur d'une manière très particulière, très sensible. Oui, le moindre

1. Les deux enfants d'Anny et la fille de son compagnon.

recoin me semblait exactement beau – exactement harmonieux – POUR MOI…

Après cet été, mon regard est plus prosaïque. J'en suis
un peu désarçonnée. Et les larmes me viennent rien
qu'à penser que mon attachement « féerique » pour cet
endroit se meurt… Est-ce comme ça qu'on quitte ?

Toutefois, il faut être prudent ! Je ne saurais trop être
certaine de mes impressions. Trop tôt, trop tôt… Deux
étés, je te dis.

Par contre, mon attachement pour cette campagne va
grandissant. C'est magnifique !

Je t'envoie ça sans relire.

Bise !

Je suis ravie de vous voir à l'occasion de ma première !
J'espère que vous aimerez la pièce. Cet « exercice de
style » m'est très utile (je vous expliquerai).

Anny

Chère Anny,

Heureuse rupture après les secousses de l'été : nous sommes au château de Champs et je passe mes journées dans le parc (après des nuits assez épiques car nous dormons dans un lit Louis XV avec des ressorts d'époque !).

J'aime beaucoup le conservateur, un non-conformiste intelligent et généreux. Je t'écris en conséquence sur une table ronde Empire. Et quand je lève les yeux je vois la carte postale ci-jointe par la fenêtre. Il y a ici beaucoup de jardiniers, peu de rosiers, un parc à la française, c'est la maison de Mademoiselle de la Vallière que j'aimais tant quand je lisais *Vingt ans après* de Dumas ou *Le Vicomte de Bragelonne*.

L'expérience est intéressante de dormir dans une alcôve avec une « ruelle » (j'ai enfin compris ce qu'est la ruelle d'un lit pour manquer y tomber à chaque instant). Mais bon sang, les lits étaient petits à l'époque !

Notre « appart » est tout plein de commodes Louis XV. Quand on allume dans la cuisine (réaménagée apparemment au XIXe siècle par des Cahen d'Anvers qui ont donné le château à l'État français), ça s'allume aussi dans le petit salon. On se lave à l'eau froide et dans les WC des plaques suspendues à des chaînettes indiquent sur les tuyaux « Salle de bains de Madame », « WC de la Salle de billard ». On faisait bien les choses dans ce temps-là.

Le XIXe siècle me ramène à Oscar Wilde. Et je m'en veux de ne pas avoir commencé à te dire que je t'ai trouvée bien. Pendant la pièce. Et aussi en prenant un pot. Ça te réussit de jouer.

Il me semble que le metteur en scène a travaillé dans l'esprit anglais, avec une grande liberté pour les acteurs, ce qui fait que tu remplis le rôle, et Didier Sandre aussi.

J'ai repris « les anges » ! Mis de côté tout ce qui n'est pas l'interrogation : Quelles traces a laissé mon enfance traquée sans fin tragique, et je t'écoute : décidée à écrire, en style direct.

J'ai quatre mois devant moi pour peindre et préparer cette expo qui doit confronter différentes périodes de ma vie / peinture. Une chance, que j'ai l'occasion de ne pas laisser émietter.

Ta réponse rapide au mois d'août m'a aidée beaucoup, je veux que tu le saches. On dit que les femmes sont soit antagonistes, soit lesbiennes. Moi je dis qu'on peut vraiment aller à fond dans une entr'aide (je ne trouve pas d'autre mot) qui laisse toute liberté. L'amitié n'est pas une propriété strictement masculine.

La nuit est tombée et je vois maintenant par la fenêtre les lumières de Marne-la-Vallée au fond du parc (plongé dans le noir).

La lumière électrique est assez bizarre comme je te disais : si on allume toutes les lampes, l'intensité totale diminue !
Je t'embrasse affectueusement,

Nina

PS : J'ai décidé de porter ma figure telle quelle, sans maquillage qui cache (mal) les rides ! Et aussi de garder mes cheveux comme ils deviennent : poivre et sel !

30 janvier 1996

Chère Nina,

Bonne année, avec beaucoup de retard !

Que le temps a passé vite, sans une petite lettre, sans écrire une ligne d'ailleurs... Entièrement engloutie, consacrée, absorbée par l'entreprise Oscar Wilde et cette régularité si oppressante du théâtre privé.

Bon Dieu, il y a quelque chose de moyenâgeux dans le fait de travailler six jours sur sept avec une journée double ! Toute mon énergie passe à combattre cet aspect sclérosant de notre magnifique métier. La résistance à l'habitude me rend indisponible pour tout le reste ! Je ferais sans doute mieux de m'habituer sans résister – cela me prendrait moins d'énergie.

Encore cinq mois sans week-end, sans arrêt, à jouer tous les soirs la même chose. Tout de même, c'est lourd ! Guère de nourriture dans Oscar Wilde. C'est plaisant mais les ressources de sentiment (surtout dans mon rôle) sont limitées et les personnages assez schématiquement réduits à des « types ». À la longue, on s'en aperçoit, on a ouvert « tous les tiroirs de la commode » et reste à exécuter une partition de brio et de brillant.

J'en suis arrivée à la conclusion que ce cher Oscar était un auteur assez sec ! L'ennui est que, au niveau humain, la nourriture est assez succincte aussi en coulisse. Comme tu vois, en rendant grâce au succès exceptionnel qui nous est tombé dessus – il n'est pas question d'être ingrat – il n'en reste pas moins que la joie est remarquablement absente et que l'ennui pointe son nez dans les couloirs aux portes de loges fermées.

Curieux, non ?

Pourtant, j'ai décidé de reprendre cette pièce à la rentrée. Je pense que c'est une sage décision parce que :

1 – le métier va horriblement mal,

2 – j'ai lu l'écriture enfin aboutie d'un sujet pour deux films à la télévision. Le résultat est épouvantable !

3 – mon sens des « signes » qui me sont envoyés par… les anges ? le destin ? me commande de passer par-dessus ma lassitude de surface pour les respecter. Ce succès qui m'échoit si miraculeusement à point nommé a peut-être une autre raison d'être. Temps de réflexion nécessaire ? Remise à flot ? En y regardant de plus près, je me garderai de trop bousculer ces choses-là. Et puis, abandonner cette aventure en plein milieu me semble une désinvolture à l'égard de la chance. Je ne crois pas que ce soit superstition mais un sens métaphysique (?) du positif qui me commande de ne pas mettre trop de bâtons dans la roue de cette chance. Au cas où elle se mettrait à tourner en sens inverse pour me revenir dans la figure !

Comment s'annonce ton expo ? J'aime beaucoup le titre choisi !

Qu'est-ce que ça représente dans ta vie ce regard sur ton parcours ? Et comment te sens-tu avec ta nouvelle tête « sans tricherie de peinture » ?
Allez, je poste !
Et je vous embrasse tous les deux !

Anny

Ce jeudi 7 mars 96

Chère Anny,

Je reviens de Champs-sur-Marne.
Le vernissage s'est bien passé : le seul jour de soleil de ces temps-ci, important pour ce lieu, parc et château. Ça a été à la fois une prise de risques sur des tas de plans, mais en même temps une entreprise comme un peintre peut en rêver (ou n'ose pas en rêver…). J'ai revu des toiles que j'ai faites à vingt ans, et jamais revues depuis ! – la tienne, sais-tu que je la croyais moins forte qu'elle n'est ! Parce qu'elle a une satanée présence – et j'en ai été heureuse. Bref, le conservateur attendait 200 personnes, il y a eu 352 « entrées » (c'est comptabilisé à la grille), et un préfet amoureux de la peinture.
Donc si le 18 (lundi) mars t'allait, on pourrait se retrouver à Champs pour déjeuner ? Je vais à l'expo rarement, je laisse faire maintenant « les gens du château ». L'entreprise donc était un peu incroyable : la laiterie et l'étable sont transformées (à peine) en salles d'expo, ce qui n'est pas pour me déplaire. Mais les proportions sont belles et l'architecture a un charme très prégnant,

du moment que le soleil tourne dans le ciel. Ces princes avaient du goût. Évidemment, c'est à l'État, ce qui suppose des contraintes (pas le droit de planter un clou) et quelque salpêtre, mais j'ai joué le jeu ; en envoyant par exemple neuf chevalets que j'ai peints en gris pâle. Et puis cet électricien qui s'est mis à adorer ma peinture et a monté un système de rampes qui s'appuient sur les murs. Bref, il y a toujours ces petits dieux-là, adroits de leurs mains, qui se battent pour l'artiste à la vie à la mort !

M. le préfet a fait un discours très bien, il a compris qu'une femme peut « sembler douce » et contenir une somme d'énergie. Et aussi que l'artiste n'est pas obligé de faire des variations sempiternelles sur un même thème. (Je n'ai du reste jamais pensé que je devais faire autrement que Matisse, qui peignait ce qu'il voulait quand il voulait.) J'ai constaté que l'atelier ici, à Bessy, m'a permis le recul : je vois mieux ce que je fais, j'ai moins le « nez dessus » et je n'ai plus à faire ce zoom-intérieur-arrière auquel l'espace restreint me contraignait à Paris.

Question aspect : je pense que ma solution est la bonne – tu sais, le problème est un peu particulier pour la « femme artiste ». Tu n'as que deux solutions : la tin-tinnabulante, avec bijoux, plaques pectorales, frange jusqu'aux yeux, khôl, lèvres rouges-rouges-rouges et, peut-être, cheveux henné vif, ou l'autre solution, être telle qu'en soi-même on est-devient.

Les gens qui ne m'avaient pas vue depuis des temps et temps ont pris note, non de ce que je suis devenue, mais de ce que je suis. C'est comme pour Victor Hugo, la tête dont on se souvient, c'est la dernière !

Et puis je ne peux pas (ne sais pas) ME jouer autrement que dans mon devenir. Parce que je considère que le corps de l'artiste est son instrument, mais pas dans le sens du comédien ou de la comédienne : le peintre (la peintre) ne se donne pas à voir, en tout cas, la sorte dont je suis. Évidemment, Champs aura été une bonne césure. J'en étais en septembre à vouloir faire une retraite dans n'importe quel monastère de n'importe quelle religion, du moment qu'on y aurait la paix, Guillaume et moi !

Dans le chapitre de ces moments qu'on doit passer, et qui, tu le sais bien, se produisent au moment même où l'on doit donner sa mesure, et récolter en quelque sorte les efforts d'années et d'années, voilà que le chien Mousse, on a dû le faire piquer à mon retour de Paris, avant de repartir pour l'expo. Il a eu une crise d'urémie, il y avait une décision à prendre, mais j'ai craint de la hâter à cause de l'expo. La vétérinaire a été chic, elle est venue me retrouver après (j'ai voulu que le chien meure dans mes bras), elle est donc venue me retrouver après dans la voiture (où je pleurais), en me disant qu'il n'en avait plus que pour deux ou trois jours.

Tout ça implique que, dans nos métiers, il faut tenir le coup. De toute façon, je crois que Mousse ne comprenait plus pourquoi il souffrait. Je l'ai emmené faire sa dernière promenade, et il n'a plus voulu rentrer dans la maison, il a voulu que je le hisse dans la voiture !

Quant au titre de l'expo, *Itinérances*, je suis contente qu'il te plaise : c'est un cadeau de Jacques Lacarrière (celui qui a écrit *L'Été grec*, notre voisin, et qui m'avait prêté son atelier autrefois, on était ensemble au groupe de Théâtre antique de la Sorbonne). Ça me plaît aussi, ce mot qui est entre *itinéraire* et *errance* (ce qui éloigne le mot d'*erreur*, encore que le droit à l'erreur soit bien un droit !).

Tu vois, nous vivons donc en ce moment des trucs qui doivent être plus ou moins signalisés dans les étoiles, c'est la différence entre les plates périodes et les époques historiquement marquantes (et probablement des coups d'anges) !...

Dis-moi si tu peux pour le 18 mars.

Je t'embrasse et Guillaume aussi,

Nina

Le 23 mars 1996

Chère Nina,

J'attends ta nouvelle œuvre dans ma maison avec impatience, car je sens que c'est un tableau que je vais découvrir et explorer petit à petit dans les coins, les dégradés qui n'apparaissent pas au premier regard, etc.
Rechercherais-je dans la peinture actuellement ce que je demande à une campagne ? Du *secret*, de n'être pas immédiatement et évidemment offerte et qu'il reste des coins et des petits chemins cachés à découvrir…
Est-ce cela, mûrir ?
Ton expo finit lundi, je crois. J'espère que ça s'est bien terminé. Est-ce que ce condensé réuni là t'a ouvert d'autres envies ? Est-ce que cela marque une sorte de cap pour toi ? (Je pense que c'est à ce moment-là que tu as décidé de ne plus faire les racines.) Digression sur les cheveux gris : je crois que c'est mieux quand les cheveux sont raides. Et mieux encore, il me semble, quand ils sont courts.
Je regardais l'autre jour une amie comédienne qui a pris elle aussi la décision d'être comme elle est et

personnellement je trouve que ce foin gris et frisotté, sans style, sans ligne, autour de son sourire très juvénile, ça ne va pas vraiment. Elle, elle ferait mieux de continuer à tricher !

Donc, j'attends mon *Icare*... avec impatience !

À part ça, le théâtre va très bien.

Je vous embrasse.

À bientôt,

Anny

Chère Anny,

Voilà, nous sommes revenus au village avant-hier, avec les hirondelles. Je m'aperçois que l'hiver je m'ennuie des hirondelles, le ciel est vide ! Pour le moment, elles volent partout et commencent à peine la visite des nids possibles. J'ai enlevé la planche que Guillaume a rendue indépendante de la porte du cellier, pour qu'elles puissent entrer et sortir même quand on n'est pas là. Je me demande si c'est de l'impatience qu'elles ont, une impatience de la même sorte que la tienne ? En tous les cas, elles commencent à s'exciter !

L'expo s'est passée au mieux dans les inconstances actuelles : la confrontation des toiles anciennes et des nouvelles ne m'a pas ébranlée dans mes fondements. Et le lieu n'a pas mal réagi. Je crois que ça m'a inquiétée à un moment, mais en même temps je n'aime pas les galeries chic et choc avec champagne dans des « verres » en carton, par les temps qui courent : les gens sont venus pour la peinture – et le lieu aussi, et pas pour bavasser sur tout et rien, et ça me paraît important. J'ai reçu pas mal de lettres, ce qui m'a surprise, preuve que les gens ont besoin de vérité.

Tu parles de ton besoin de sens. En même temps tu parles de ton besoin de secret. Entre le sens et le secret, il me paraît qu'il y a la… patience ?

Je ne crois pas que je doive continuer à te distiller de la sagesse, parce que tu ne vas pas supporter !

Mon fils un jour que j'étais impatiente m'a raconté un truc de Platon où tu es sur une barque (ta vie) et la barque sur un fleuve (le temps). Sa conclusion, si je me souviens bien, était qu'il ne faut pas s'énerver avec les rames. Ce qui est plus facile à dire qu'à faire, pour remonter le courant.

Je me trouve sage, ça doit être le village, après ces dix jours de « repos après-vente », selon la coutume. T'ai-je dit que Jean-Pierre Miquel, l'administrateur du Français, un vieil ami, me propose une expo au Vieux-Colombier (ça fait longtemps que je pense qu'il aurait dû me faire cette proposition !). Je pense à *Des peintures sur bois*.

J'attends des nouvelles neuves ! Comment se comporte *Icare* pour commencer sa vie chez toi ?

Je t'embrasse très fort,

Nina

Chère Nina,

La période est étrange – après la gastro-entérite, me
voilà presque aphone depuis trois jours, mal à la gorge,
épuisée… En fait, je vais te dire, le théâtre, passé sept
mois à vivre sans week-end, sans repos, ça devient de la
folie. Tu surnages sur un épuisement, à passer des journées imbéciles, qui se rétrécissent de plus en plus pour
garder l'énergie qui doit être entièrement consacrée à la
représentation.
Tout ce qui vient s'ajouter est en trop et vient perturber
le fragile équilibre de cette vie de cheval de manège !
Un souci, une trop forte envie de campagne et, crac, te
voilà au lit avec le premier microbe qui passe.
Enfin, nous ne nous plaindrons pas, couverts de
« Molières » comme nous sommes (de nominations,
pour le moment). En attendant, tu verrais la pauvre
tronche de la « moliérisable » !
Tu me demandes comment se comporte *Icare* à la maison. Eh bien, franchement : bizarrement ! Je le trouve
toujours très beau, il me plaît beaucoup, mais la densité

des noirs m'a surprise. J'ai essayé de le mettre à divers endroits sans parvenir à lui trouver sa place : le majeur problème, ce sont les brillances. Le seul endroit où j'évite ce problème est le couloir – ce qui est tout de même dommage car on ne peut pas le voir avec du recul !

Je te pose la question : serait-ce un crime de le mater ? Avec peut-être une bête bombe à mater, qu'on peut nettoyer au cas où on voudrait retrouver les différentes brillances d'origine ?

Qu'en penses-tu ?

J'attends tes conseils éclairés pour faire quelque chose.

La voix est en déroute – mais sur scène ça passe. Je ne sais pas trop comment, mais ça passe. Un coup par au-dessus, un coup par au-dessous, quand ça fatigue dans les graves, je remonte dans les aigus. J'espère vivement que les spectateurs prendront mes montagnes russes vocales pour une riche variété d'expressions !

Quelle période ! Mais quelle période !

Je vous embrasse,

Anny

Chère Anny,

Icare : Tu as eu raison de me parler franchement du problème que ce tableau te pose. Évidemment, il n'est pas question de le toucher. Ça n'est pas le genre de tableau qui se laissera mater, avec bombe surtout. Il est construit sur le contraste mat / brillant. Quand il y a des brillances, ces brillances sont constitutives de certain traitement à l'huile, d'une façon continue chez les classiques, et discontinue chez les modernes, comme dans la sorte de travail du *Icare*.

Il y a aussi, je pense, « l'état d'impatience » qui me semble régner chez toi en ce moment : le mystère dans le tableau que tu semblais souhaiter demande attention et calme pour être profitable. Je te sens comme tiraillée entre les deux pôles (le désir de recevoir d'un seul coup les impressions, et celui du mystère). Ce tableau (et je suis certaine de ce que je te dis) est sensible à ça, et refuse le tiraillement ambiant. Alors il ne faut surtout pas insister, le forcer et te forcer. C'est d'autant plus possible que nous en parlons, et heureusement que nous nous écrivons comme nous parlons, et que nous nous parlons comme nous pensons. Je te propose donc de le reprendre quand nous passerons, ou encore de te le reprendre pour l'exposition que me propose Jean-Pierre Miquel au Vieux-Colombier (fin septembre), qui sera axée sur les *Mythologies*, où ce tableau manquerait dans la série au point que je t'aurais peut-être demandé de me le prêter !

En attendant, comme cette toile mérite mieux qu'un couloir, tu as raison aussi de le souligner, mets-le à l'abri, dans un placard, face tournée vers le mur pour précaution contre les chocs, et aussi par égard pour lui ! Il y fera la marmotte et ne perdra pas son âme à essayer de briller partout !

Je crois avoir compris que tu avances sur le désir. Ce qui prouve que tu es une artiste. L'artiste, c'est celui qui transforme le désir en réalité, on ne sortira pas de là. La confusion moderne tient en ce que *le désir d'être artiste* a pris souvent la place *du désir de l'artiste* (ressenti par le véritable artiste). Or, le désir ne fait pas l'artiste. C'est l'artiste qui est capable de l'alchimie désir en création (comme plomb en or). Voilà pour la partie philosophique de cette lettre.

D'une façon plus terre à terre j'ai acheté le dictionnaire Truffaut des plantes, ce qui suffit à mon bonheur pour le moment et dans l'état de mes connaissances. Je commence à comprendre des choses (que, par exemple, tous mes rosiers ne se taillent pas de la même manière, la différence entre fleurs, vivaces et rustiques, etc.). Suis assez fière de moi pour avoir planté des myosotis en avril et vu avec étonnement émerger des tulipes superbes – j'avais oublié avoir planté des bulbes en automne !

Bon, je crois que j'arrête là-dessus.

J'aimerais bien que tu arrives à supporter (dans tous les sens du terme) le spectacle Wilde sans y laisser la peau. Comme disait Jouvet, il faut connaître le dégoût et l'avoir surmonté dans ce métier, dans le mien aussi, du reste !

Je t'embrasse affectueusement,

Nina

Jeudi 16 mai 1996

Chère Nina,

Ouf ! Du nouveau à te raconter ! Nous sommes sortis
de cette période d'attente pénible et finalement assez
imbécile. Nous avons trouvé, avec Thierry, une maison
qui pourrait nous plaire. Seulement il semblerait que
nous soyons tombés sur un imbroglio incroyable : cette
maison n'a pas de prix officiel ! La propriétaire refuse
d'en donner un, même approximatif, tout en trouvant
que le notaire sous-estime la chose. J'en conclus que ce
sera au plus offrant ?
Cette aventure m'a beaucoup donné à rêvasser autour
de la notion d'ESTIMATION des choses – quelles
qu'elles soient, d'ailleurs. Je n'avais jamais vraiment
pensé à ça. Peut-être parce que, instinctivement je me
suis placée moi – et ce que j'entreprenais – hors estimation courante. Mon Dieu, c'est obscur… Par exemple,
au début de ma carrière, quand j'avais un petit rôle, je
ne me disais jamais ce n'est « qu'un petit rôle », ce
n'est « qu'un petit film ». Ça m'aurait coupé les ailes et

je n'aurais jamais pu en faire quelque chose de plus grand – donc, je n'aurais pas pu progresser.

En somme, on pourrait dire que je surestimais les choses. En réfléchissant bien, j'ai toujours procédé ainsi. Pour à peu près tout, je crois. Une manière personnelle de coter qui m'a rendu bien des choses précieuses.

Je connais, tu connais, des gens qui ont exactement la démarche inverse dans la vie en général, qui estiment toujours au plus juste pour ne pas trop donner, pas avoir l'air d'un con, pas se faire « entuber ». Donner le moins possible, grappiller pour récolter plus, n'a jamais été mon système. Je ne pense pas qu'il me réussirait.

Pour en revenir à l'immobilier, j'ai acheté par exemple un quart plus cher qu'il ne valait le dernier atelier dont nous avons fait notre chambre. Le propriétaire savait que je voulais ce studio depuis des années, il en a donc profité. J'ai trouvé ça parfaitement normal... est-ce anormal ?

En aucun cas je ne me sens humiliée ou « entubée ». Ce studio est magnifique, il nous a grandement facilité l'organisation de ma vie depuis trois ans. Je ne regrette vraiment rien. Quelqu'un m'a dit un jour : « Il t'a bien eue, ce type » – vraiment, non. Je ne me sens pas eue du tout ! (Orgueil ? un peu, peut-être, dans ce choix de ne pas me fier aux cotations COMMUNES – qui amène le danger d'éprouver des sentiments communs, de s'abaisser à l'ordinaire : par exemple d'avoir le sentiment « d'être eu ». C'est certain qu'il vaut mieux se surestimer soi-même si l'on veut rester « au-dessus du lot ! »)

En vertu de quoi estime-t-on un endroit, qui a pour moi toutes les qualités que j'attendais, deux tiers de moins qu'un autre ? Et surtout en vertu de quoi devrais-je m'y fier, et m'y plier, alors que je mettrai peut-être des années à retrouver un tel endroit ? C'est pourquoi je

vais faire une offre pour cette maison à mon estimation
À MOI, et sans prendre l'avis d'aucun intermédiaire.

N'ai-je pas raison ? Et il est fort probable dans ce cas,
que je vais me faire « entuber ». C'est même carrément
certain – et dans la plus grande joie !

En parlant de cette question d'argent, je trouve incroyable
cet intérêt permanent des enfants maintenant, pour
l'argent. C'est étrange, non ? Ils y pensent tout le
temps, en parlent sans arrêt, veulent savoir combien
tout coûte. Moi, jusqu'à ce que j'en gagne moi-même,
c'était le cadet de mes soucis ! Bon, ma tante n'en parlait jamais. Il y en avait peu, on faisait avec, mais ça ne
valait pas une conversation. Et en fait j'ai gardé cette
habitude, donc les enfants ne sont pas habitués à ce que
ce soit une préoccupation.

Génération spontanée ? Air du temps difficile ? Je ne
sais pas. Je trouve ça bizarre.

Je vous embrasse tous deux,

Anny

Fin mai 1996

Ma chère Anny,

Je t'ai parlé dans ma dernière lettre du désir qu'a l'artiste de faire passer son idée dans la réalité et du dégoût qui l'envahit quand il n'y arrive pas. Dégoût qu'il lui faut surmonter pour continuer dans ce drôle de métier.

Voilà que le désir me quitte, cédant la place au dégoût ! Qui oserait dire que créer quelque chose (que personne ne vous demande d'apporter au monde) est amusant à faire, pour commencer ? Quand on est lancé, si on se demande « c'est loin l'Amérique ? », il faut se répondre à soi-même « tais-toi et nage ! ».

Alors, la patience ? Attendre avec patience que « cela » reprenne ? Dans le meilleur des cas, ça doit me prendre par la racine, en l'occurrence mes pieds, pour remonter tout le long du corps, comme la sève, jusqu'aux mains où ça commence à frémir et, accessoirement, jusqu'au cerveau (je crains l'excès de mental qui peut tuer le sensible). Diaghilev disait à Cocteau : « Étonne-moi ! » Je voudrais m'étonner et, ces jours-ci, je ne vois pas du tout comment ! C'est le silence. Pas de petite chanson intérieure un peu jubilatoire, tu sais, le « tititi-tatatam » qui précède la mise à l'ouvrage. Je sais bien que je dois m'y mettre, même sans le « tititi-tatatam », arrive que pourra ! Peut-être qu'au bout d'une cinquantaine d'esquisses plus ou moins ratées, j'arriverai à entrevoir la sortie du tunnel, avec l'échéance de l'exposition...

On appellera cette lettre « la peinture et moi-moi-moi » !

Toi, comment ça va ?

Je t'embrasse,

Nina

Creuse, le 10 juin 1996

Chère Nina,

Tu es en gestation. Je pense aussi que tu ignores (et c'est moi, un peu plus jeune, qui te parle !) quelle chance tu as de l'être, de pouvoir l'être encore d'une manière aussi spontanée, viscérale, que cela parle malgré toi, avec malaises divers, etc., si spontanément et viscéralement que tu dois après coup te rendre à l'évidence.

C'est magnifique une telle puissance. Te rends-tu compte ? Mais je suppose que tu es comme les gens riches : tu trouves ça normal. Pour toi, c'est l'ordinaire.

Je parle comme ça, parce que moi, je sais ne pas être si riche. Je peux compter sur les doigts d'une seule main les gestations artistiques personnelles de ce genre irrésistible que j'ai eues dans ma vie. Si rares qu'entre chacune j'ai pu passer plusieurs années à déplorer de n'avoir pas savouré ma chance en même temps que je souffrais des malaises inhérents à la chose.

Enfin, c'est dans l'ordre, bien sûr, de ne pouvoir être conscient et lucide quand on est emporté – c'est dommage !

Les enfants sont mignons comme tout. Vivants, sincères, avec des nerfs, des joies, mais bien détendus. Le temps a passé à une vitesse ! Entre les tartes, le vélo, les bouquets, les jeux. En somme, ce manque de beau temps nous a forcés au contact rapproché intensif, tous dans la maison, et à l'invention.

Gaël passe son dernier été d'enfant. Il est encore tout fin, blanc et long comme une fleur de lys, et les poils aux couilles lui poussent vitesse grand V… Je sens qu'il va changer d'un seul coup (quatorze ans passés, c'est inévitable !). Je voulais lui faire plein de photos cet été pour conserver un souvenir de lui à cet âge charnière. Il est vraiment très beau.

Sara, elle, continue sa vie de petite fille-femme qui s'organise, observe. On ne peut pas dire qu'elle s'accroche à l'enfance celle-là !

Et je ne peux pas dire que je le déplore. Plus ça va, plus je m'aperçois que l'état d'enfance ne m'attendrit pas plus que ça. Ça a même tendance à m'énerver. Je suis ravie de les voir grandir. Je trouve que c'est de plus en plus intéressant, de plus en plus réellement tendre. Enfin, bientôt j'aurai affaire à quelqu'un, et non plus à ces êtres bredouillants et incertains qui pataugent dans leurs jeux et me bouffent les trois quarts de mon temps à faire pour eux des choses imbéciles et essentiellement domestiques – ranger leur bordel, réparer leurs conneries, faire les courses. C'est une manière de s'occuper d'eux, certes, mais à l'intérêt assez réduit eu égard au temps qu'on y passe !… Quant aux tout petits enfants, c'est affreux, je suis au bord de l'aversion ! Au-dessous de cinq ans, je ne supporte plus ! En tout cas aucune envie de faire guili-guili et de les prendre dans mes bras. En fait, il n'y a guère que les miens que j'ai supportés ! (Heureusement !) Et à les voir lâcher cet âge, j'en ai un soulagement !

Est-ce aggravé par la ménopause, docteur ?

Dis-je des choses horribles ?

Parlant ménopause, ça a coïncidé avec les débuts de la pièce. Je n'ai pas fait attention, j'ai mis ça sur le compte des nerfs, de la fatigue. En fait, les petites glandes s'étaient définitivement arrêtées et… j'ai vu, en deux mois, la vieillesse me fondre dessus. Une peau de poulet qui ne tenait plus au cou et mon décolleté d'époque devenant de plus en plus tristement mou – tu sais, ça faisait un creux au-dessus, et ça menaçait de couler au-dessus du bord de la robe. Je n'exagère pas. C'était atterrant, effrayant ! Toute la chair qui tendait (si j'ose dire !) vers le flasque. Bon Dieu, le coup sur la carafe !

Oui, tiens, il y a eu ça, aussi, cet hiver, à digérer.

Alors les crèmes, les bazars, les petites pilules quotidiennes, enfin tout cet attirail palliatif, il faut dire le mot. Et, moralement, se dire clairement : si je suis coincée sur une île déserte rien que trois mois sans mes pilules et sans teinture, c'est une vieille dame qui va revenir…

Aurai-je de tes nouvelles si tu écris à Paris ?

Pour ton expo, en tout cas, tu peux compter sur moi.

Je vous embrasse très fort tous les deux,

Anny

Le 25 juillet 96

Chère Anny,

Je peux te dire que ta description de toi m'a donné cette
sorte de bon fou rire qui correspond au plaisir qu'on a
de voir quelqu'un qu'on aime beaucoup se révolter
avec humour, c'est-à-dire avec courage.
Tu as quelque chose de complètement pragmatique,
peut-être ton côté normand (?). J'ai vu ce genre de
caractère que tu as chez ma mère, dont la mère était de
Rouen, et cette force Viking lui a fait rouler les nazis
dans la farine. Quand une Viking démarre, bien malin
qui l'arrêtera !
Le jardin est bien loin d'être comme je le souhaite mais
je commence à comprendre des choses. Deux couvées
d'hirondelles dans le cellier, j'ai recouvert tout avec des
vieilles affiches, j'ai chaque année la crainte de ne pas
les voir revenir : cette indépendance totale des hirondelles, qui n'attendent de l'homme qu'un abri et pas de
nourriture comme le chat ou le chien, et qui peuvent
partir si loin, mais reviennent « à la maison » après
4 000 kilomètres de vol…

Alors, je te parle peinture : en peinture, j'apprends de plus en plus que la place assignée à chaque tache de couleur vaut par l'espace « entre » (blanc, neutre, chez Rembrandt c'est sombre, lisse chez d'autres, moiré chez Bonnard mais c'est vraiment là qu'on sent l'espace-temps).

À vrai dire, je suis de plus en plus certaine que c'est une manière de fabriquer son propre destin que de « faire de l'art » au sens premier du terme.

Je sais maintenant que, en ce qui me concerne, ma peinture ne m'expliquera jamais rien de moi, même si c'est par elle que je peux me sauver (sauver au sens de rester en vie).

Sais-tu qu'aujourd'hui j'ai éprouvé pour la première fois de ma vie l'attirance de la mort ? Ça m'a fait une drôle d'impression, parce que je n'avais jamais pensé que ça pourrait m'arriver. Et puis tous ces destins assez terribles qui se font jour actuellement m'ont donné envie de me sauver – au sens de fuir. Plusieurs bons amis sont passés, et un soir autour de la table, qui était gaie, je me suis rendu compte que l'un était sans travail à cinquante-six ans, jusqu'alors habitué à vivre « bien », qu'une des jeunes femmes françaises, mariée à un Argentin devenu ministre, a vu son mari assassiné sur le seuil de la porte de la maison, et ainsi de suite comme dirait Tchekhov. Ce que je sais, c'est qu'en ce moment, ici, le fait de travailler pour l'exposition est vraiment le salut.

C'était le cri de la langouste du jour !

À toi,

Nina

Le 7 octobre 1996

Chère Nina,

Alors ? Avez-vous repris un rythme bucolique ?
Je garde de toi des mots encourageants, nourrissants[1]...
Tu sais que c'est très étonnant et très précieux de
côtoyer quelque temps quelqu'un comme toi qui es à ce
point *traversée* par les choses. La plupart des gens
s'emploient au contraire à être atteints le moins possible,
et beaucoup d'événements, même d'émotions, glissent
sur eux comme sur les plumes d'un canard.
Te voir prendre les choses, ne rien éviter et te laisser
« traverser » est magnifique. Je t'assure. D'abord, le
temps prend une tout autre dimension... Être ainsi en
état d'attention démultiplie les minutes.
J'avais l'impression que « cela » coulait moins vite avec toi.
J'aime à t'imaginer humant les dernières roses et
(comme disait Colette de Sido) « les prenant par le
menton pour les regarder en plein visage ».

---

1. Nina est allée séjourner quelques jours à Paris chez Anny
pendant son exposition à la galerie du théâtre du Vieux-Colombier.

Mes futures roses à moi sont encore bien loin…

J'en suis arrivée ce soir au théâtre deux fois plus énervée. L'autre jour, entre deux représentations, j'ai appelé au Sénégal pour retenir ma paillote de janvier. Quelle joie d'entendre, en costume et corset, l'accent sénégalais : « Ha ! Madame Anny !? J'appelle le patron ! OK d'accord ! OK d'accord ! »

Trois hectares d'un magnifique jardin sur la mer (on ne se marche pas sur les pieds !), des employés pleins d'humour et charmants, vagues vivifiantes et… pas de piscine, pas de bar, pas de night-club ! RIEN que du bon temps calme et la sensation d'être partout chez toi.

Certes, vous seriez heureux là-bas, je pense. Vous avez absolument le profil ! Je ne sais pas pourquoi je te raconte tout ça… Mais sait-on jamais ?

Je me suis sérieusement remise à peindre et ça me fait un bien fou. Mais c'est si long… un jour l'esquisse, puis un fond, un bout. J'ai enfin terminé les deux chats sous le palmier avec le canapé à rayures. Je l'aime bien. Mais toujours vaguement déçue… Je le déclare achevé parce que après je vais le salir, et je sens que je ne ferai pas mieux. Mais tout de même c'est toujours plus sage, plus pâle, moins fort, moins évident dans la couleur que je ne le voulais…

Je vous embrasse,

Anny

Le 16 octobre 96

Chère Anny,

J'ai déposé avant-hier un mot ou deux sur ton répondeur. Ton « chez toi » a été pour nous un vrai havre de repos et de reconstruction pendant le remuement de l'expo. De ce côté-là, je fais une permanence le samedi qui par le fait devient, comme tu le sais, le jour dur de la semaine. On rentre à Bessy le soir. Je ne m'attends pas à vendre beaucoup, vu l'état rétracté des porte-monnaie pour le « superflu », en tout cas l'achat d'un objet plutôt « métaphysique » comme une *Mythologie* !

C'est bien de t'avoir vue vivre chez toi, je préfère pouvoir te situer quand je t'écris – et pour nous, je te l'ai dit, ton hospitalité a été plus qu'appréciable. Pour maintenir le rythme intérieur, ça aurait été beaucoup plus difficile dans un milieu étranger moralement et visuellement. Je ne supporte plus les gens qui vivent « hors peinture » !

Tes tableaux me restent dans l'œil. Je repense volontiers au palmier du Sénégal qui est au-dessus de l'ordinateur de Gaël. Comme dit Braque quelque part (son petit carnet que j'aime bien) « le Sujet. Un citron à côté d'une orange cesse d'être un citron et l'orange une orange pour devenir fruits… ». Ça se fait comme ça dans le tableau quand c'est un vrai tableau, et c'est là, je pense, que j'ai reconnu les tiens. Un cran au-dessous et le citron reste citron et l'orange orange, et c'est là qu'on s'ennuie dans des œuvres de bonne volonté mais à l'énergie insuffisante.

Je suis très heureuse que tu peignes et que tu consultes le père Bonnard. C'est un bon maître en ce qu'il compose avec bien de la diversité : les surfaces s'imbriquent les unes dans les autres en s'avouant comme des surfaces et, en même temps, en décrivant la profondeur de l'espace, le temps qu'il fait… et le temps qui passe (le « tremblement de la durée » dont parle Cézanne). Tu sais, je crois que ce tremblement-là de la durée n'est pas quelque chose à comprendre, mais à ressentir quand on peint, et, en même temps, tu te poses les problèmes techniques pratiques, en quelque sorte comme ça :

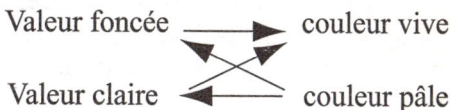

Valeur foncée ⟶ couleur vive

Valeur claire ⟵ couleur pâle

En se souvenant que le jaune est au milieu, il est chaud près du froid (bleu-vert) et froid près du chaud (rouge-violet-orange) alors on peut penser aussi comme ça :

Chaud ⟶ foncé

Froid ⟵ clair

Sans s'arrêter de peindre pour autant, mais ça fait « piocher » un peu plus fort. De toute façon, ce qui fait ta force à toi (que je reconnais avec bonheur), c'est quand tu dis que tu « sautes dans la lumière ». Les hommes et les femmes qui jouissent en peignant se font d'abord plaisir, mais ne perdent non plus jamais leur tête, à surveiller leur intérieur génial !

Nous sommes, si nous n'y prenons pas garde, encerclés par les tripes et les ego mis à l'air libre d'un tas de créateurs-trices. Alors qu'œuvrer pour le besoin (et non l'envie) de faire ses tableaux peut être un plaisir jubilatoire et cause, en même temps, les tracas que tu dis : on se reproche de n'être pas exactement au cœur de la cible. Voilà : pour moi, peindre, c'est essayer d'atteindre la cible, au plus près possible.

Nina

PS : Comme on ne « bouge » pas avec Guillaume, que je ne connais pas le voyage-tourisme et que, pour le repos, si je voulais, je pourrais le prendre ici à Bessy – rien au monde n'est plus silencieux qu'un village bourguignon l'hiver – j'ai eu l'idée de donner suite à une ancienne proposition d'aller à Cracovie. Et Cracovie n'est pas loin d'Auschwitz. Mon grand-père alsacien juif y a fini sa vie. Je me dis qu'à force de me représenter cet endroit, où j'aurais pu finir, comme d'autres se représentent l'enfer en craignant d'y finir, ça serait bien d'y aller – alors que ce genre de pèlerinage est très, très loin de mes idées ou habitudes de pensée.

J'en suis donc à me demander s'il est bon ou non d'aller à Auschwitz (pour ne pas « passer à travers » quelque chose de non-résolu) et, à ce moment-là, tu me proposes la Casamance !

D'un côté l'ombre, de l'autre la lumière ! La cendre ou le sable ! De toute façon, ton idée a fait pencher la balance du côté de la lumière et du bleu !

Embrasse Sara et Gaël pour nous.

Nina
(et Guillaume)

Jeudi ?... 351e représentation !

Chère Nina,

J'ai terminé le tableau des chats sur le canapé (je l'ai tout de même retouché !) et j'ai attaqué un doublé avec la lampe que tu m'as offerte, un plat d'oranges et les reflets du jour. J'ai envie d'une orgie d'orange et de bleuté avec du carmin dans les ombres ! Je vais tenter de faire deux toiles en même temps du même sujet vu de deux angles différents.

En bonne pragmatique, j'ai d'abord pensé que ça me permettrait d'éponger la peinture en trop quand je fais un mélange un peu copieux ! Puis aussi de corriger dans l'un les erreurs faites dans l'autre et inversement. Aujourd'hui, j'ai fait des « jus » au fond pour attraper les valeurs. Après... ?

Je n'ai strictement RIEN compris à tes chassés-croisés de couleurs. Cela reste un mystère. Il doit me manquer une clé...

L'écœurement théâtre du week-end bat son plein ! Vraiment ce rythme de vie est impossible.

Je suis en proie à une exaspération inquiétante, très centrée sur certaines choses qui réclament de moi attention, écoute, patience. L'envie tout à coup irrésistible d'envoyer tout balader.

Je suis au bord de la crise de nerfs dès que j'ai J. au téléphone. Je l'entends sempiternellement me raconter les mêmes histoires sans pouvoir rien faire d'autre que de l'écouter, impuissante.

Tout à coup, j'ai mis le doigt dessus : la REDITE.

Je ne supporte plus aucune redite, aucun ressassement – suffit bien de celui que je me suis engagée à faire tous les soirs ! Dire la même chose et entendre la même chose ailleurs qu'au théâtre est au-dessus de mes forces en ce moment.

Je te jure, j'en deviendrais méchante !

En fait, je suis très fatiguée du côté de la patience, de la constance.

Je lui demande trop – ça rechigne, ça rue dans les brancards.

Quelques jours plus tard.

J'ai amené dans ma loge le tableau des deux chats sur le canapé avec palmier, histoire, comme tu me le disais, de « sortir » une toile de son contexte pour la voir dans un milieu différent.

Eh bien, je suis contente ! Il existe. Il est plein, il trimballe son petit univers intact. Positif.

J'ai démarré sur les chapeaux de roue (un peu trop sans doute !) le doublé de toiles. Pour le moment, je me saoule de couleurs. J'en avais la tête qui tournait, tout à l'heure. La couleur me fait respirer et me nourrit.

D'ailleurs j'étais tout à coup gonflée après avoir fixé tellement intensément ces oranges et ces bleus. Peut-on avoir, au sens propre, une indigestion de couleurs ? Et si trop de jaune ou de rouge tapait sur le foie ? As-tu remarqué des choses comme ça ?
À très bientôt,

Anny

Chère Anny,

Pour l'heure Guillaume écoute des chants bretons dans
son bureau à ma gauche et il y a trois fillettes en bas qui
discutent en regardant plus ou moins la télé, elles se
reposent des « répétitions » d'un spectacle qui se passent
en principe dans l'atelier – je sais que la présence des
enfants m'a toujours aidée à passer les « périodes »
d'attente, de fin de cycle.
Je mesure à quel point les gens qui ne connaissent pas
la présence d'enfants dans la maison – au moins de
temps en temps – perdent quelque chose du domaine de
l'énergie et même des informations sur… disons, l'avenir du monde ! Pour lors, je crois que si tout ne tourne
pas mal, il y aura du rythme et de l'imagination.
Je suis rudement contente que tu peignes beaucoup en ce
moment, et le 30 F, c'est un très très agréable format, pas
carré, mais presque et qu'on saisit d'un seul regard. Je
n'oublie aucun de tes tableaux, c'est te dire si j'y tiens !
À propos de couleurs, au temps pour moi que tu n'aies
rien compris à mes explications : c'est pas que je me

sois mal exprimée, c'est que j'ai fait la savante et que je te sais gré de ne pas t'être énervée ! Je voulais seulement parler du poids à donner à la peinture.

On viendra, c'est sûr, le mercredi 4, avec beaucoup de plaisir pour ta remise de légion d'honneur par Jean Mercure. J'ai téléphoné au Théâtre comme le carton le demandait.

Tout de même, nous avons des vies très intéressantes, qu'on s'est faites. Toi tu joues beaucoup, c'est ta vie-métier le théâtre, moi montrer ma peinture. Pour nous, le public, c'est le but final.

Le temps m'a prise de court pour le jardin ! Voilà qu'il gèle et j'ai taillé les rosiers « par un temps où pas un paysan ne met le nez dehors », dit Guillaume.

J'ai rentré les fuchsias trop tôt, et il me reste des bulbes à planter (crocus, narcisses, etc.). Bref, je cours après le temps (qui passe et qu'il fait). C'est vrai que (toujours selon une expression de Guillaume) j'ai été chez toi comme « une souris dans un pochon de farine, ou de grains d'orge ! ». Avec les petits bruits du ménage le matin, du fer à repasser, et toi droit debout au milieu de l'atelier d'angle, ouvrant grand les yeux sur quelque chose.

L'envie de peindre la sensation immédiate m'a prise aujourd'hui… mais le jardin… mais l'espèce de roman qui me trotte dans la tête.

Je cherche comment raconter ce que la guerre m'a laissé. La pure autobiographie me coince : il y a des morts, des peurs, des petites joies. J'ai eu ma mère au téléphone. « Tu as traversé l'histoire et tu as eu ton histoire, tu l'as faite », m'a-t-elle dit, et elle a ajouté : « Tu devrais l'écrire. » Or, j'ai l'impression que c'est à travers des personnages (que je sens comme vivants) que je serais plus libre. Par exemple, le courage extraordinaire de ma mère et ses prodigieuses menteries (qui nous ont sauvées du temps des Allemands).

C'est vrai que je voudrais pouvoir raconter, dire, ce qu'enfant j'ai « senti » : les odeurs d'avant-guerre puis celles de la guerre. La lucidité grave des enfants, je pense l'avoir eue et « vu » les « grandes personnes » pour ainsi dire comme une romancière (j'ai perdu ce sens-là par la suite et il me semble le retrouver maintenant).

Pour le moment je ressens le besoin d'écriture (comme probablement pour toi le besoin de peinture).

Quant à l'indigestion de couleurs ! Ça, c'est ta superbe gourmandise de vivre !

Ça m'a bien plu de savoir tes chats au théâtre, ça c'est formidable !

Je t'embrasse et Guillaume aussi.

Nina

PS : Phrase de Manet (sur la peinture) : « Il ne suffit pas de connaître son métier, il faut encore être ému. »

23 novembre 1996

Chère Nina,

Passé une semaine idiote à déprimer un peu. Une fatigue intérieure très atone et cette vague envie de pleurer juste au réveil… ravalée avec une gorgée de café – donc très vague.

La sclérose de la répétitivité se manifeste comme elle peut. Mais elle sort quelque part !

Du coup, je n'ai pas peint beaucoup. Et puis je crois qu'avec ta lampe allumée en plein jour je me suis attaquée à un sujet un peu au-dessus de mes moyens techniques… donc, délaissant mes deux ébauches, je me laisse aller à la facilité d'étaler la couleur comme elle vient. Or, il n'y a rien à faire, cette morale que j'avais constatée pour l'écriture vaut, je crois, pour la peinture (et le reste ?) : Il faut un minimum d'effort pour que les choses soient valables. Ce qu'on fait trop facilement, dans la pure détente, ne vaut pas tripette.

Ha ! Que c'est agaçant !

C'est gentil de venir pour ma remise de légion d'honneur, mais c'est uniquement si ça vous fait un bon prétexte pour venir à Paris.

À propos de jardin, je vois que j'ai eu raison de m'abstenir de vous faire un cadeau – j'ai eu une après-midi la main sur le téléphone pour vous faire envoyer mes deux-trois rosiers sublimes et faciles que je connais.

Et puis j'ai oublié… je crois que j'ai bien fait ! Encore un surplus de travail avec ce froid qui vous est tombé dessus. C'eût été surcharge.

J'ai tout de même l'impression que nous avons ce grand point commun, toi et moi, de naviguer entre nos élans et nos réticences, notre côté actif et nos paresses, pour ne pas faire trop de bourdes, pour soi-même et pour les autres. Enfin, faut pas trop s'y fier tout de même… Tout n'a pas forcément un sens et on peut oublier bêtement et être stupidement paresseux !

Enfin, disons que cette fois-ci c'est bien tombé. Je t'aurais emmerdée avec mes rosiers !

Et tout ça avec nos petits problèmes de plomberie… J'espère que tout va bien pour toi. Moi, je poursuis patiemment mon travail d'investigation pour tenter de résoudre mon problème : la constipation. J'aimerais tellement, avec la cinquantaine, réduire (à néant ? Je n'ose rêver…) ce point noir de ma vie.

À ce propos, le dernier médecin auquel j'ai affaire (un de ceux qui essaient de comprendre) m'a prescrit une analyse de selles. Je tiens à t'offrir ce dialogue surréaliste que j'ai eu au téléphone avec la dame du labo. M'étant préparée à l'affaire trois jours avant dans le but de leur fournir ce dont ils avaient besoin pour l'analyse, j'appelai, triomphante, un matin le labo en question :

MOI : Bonjour, madame, je dois faire une analyse de selles, j'ai donc ce qu'il faut dans un Tupperware, ayant pris un laxatif hier soir…

LA DAME : Ah, non !

MOI : Comment ça « Ah, non ! »

LA DAME : Il me faut une selle naturelle…

Silence…

MOI : Y en a pas.

LA DAME : Comment ça, y en a pas ?

MOI : Y en a pas depuis trente ans. C'est pour ça que je fais cette analyse.

Silence.

LA DAME : C'est embêtant.

MOI : À qui le dites-vous !

LA DAME : Normalement, nous ne pouvons analyser qu'une selle naturelle.

MOI : Donc, je ne suis pas analysable ?

Silence

LA DAME : On va essayer, mais il faudra signaler la chose.

MOI : C'est ce que je suis en train de faire…

Etc., etc.

S'ensuivit une conversation où je saisis immédiatement une évidence : la dame n'avait, elle, aucun problème sur ce plan !

Elle m'a dit à un moment : « Mais, dites-moi, mangez-vous parfois des légumes ? » Je lui ai répondu que je ne faisais que ça ! Et des salades, et des graines de lin trempées dans l'eau ! Et du pain complet ! En vain.

C'est exaspérant, à la fin, ces petites phrases, ces petits regards entendus qui te disent clairement que, si c'est ainsi, ça doit être ta faute, c'est que tu le veux bien !

Et remuant mes pages, je tombe sur une des phrases du début de ma lettre « ce qu'on fait trop facilement ne vaut pas tripette ! ». Bon, je ne vais pas épiloguer parce que là…

Je rêve Sénégal – jardins, fleurs partout, vagues et salade de crabe.

PS : J'ai délaissé le bloc, le temps d'écrire ce que je vais dire à Jean Mercure pour cette remise de légion d'honneur. J'ai envie de t'envoyer ce texte. Je suis très heureuse d'avoir ainsi l'occasion de revoir Jean et de lui dire ce qu'il a été pour moi, comme il m'a apporté dans mon travail – c'est après coup, bien sûr, que j'ai compris ce qu'il m'avait donné de précieux – sur le tas, il était tellement insupportable qu'il était quasi impossible de se rendre compte du bien qu'il te faisait !

Il a été l'un de mes « pères » au théâtre – l'autre père était Jean-Louis Barrault. Il est tout de même extraordinaire que j'aie rencontré ces deux hommes presque en même temps et que j'aie travaillé avec eux, alternativement chez l'un et chez l'autre, pendant presque dix ans (le temps de « faire » un comédien, disait René Simon !). Je ne pouvais trouver « pères » plus dissemblables et finalement, pour moi, complémentaires. Jean-Louis était tout d'instinct et me poussait à m'épanouir en scène d'une manière débridée – il aimait mes excès. Jean était un être de technique et de maîtrise – tout l'opposé ! Travailler un mois entier sur une phrase ne lui faisait pas peur, alors que la devise « pour rire » de Jean-Louis était : « Mal, mais vite ! » Il préférait le jaillissement au travail d'orfèvre. Mais les conseils de Jean Mercure m'ont fait grand et long usage… Je suis très émue de le lui dire, c'est presque pour ça que j'accepte cette médaille.

« Merci Jean.

Et merci à tous, mes amis, d'être là. Cela me touche énormément.

Quand on m'a proposé de recevoir cette légion d'honneur, j'avoue avoir eu une première réaction dubitative – réaction de saltimbanque primaire face aux distinctions officielles, aux médailles… Puis j'ai pensé qu'il y aurait plus d'orgueil à refuser qu'à accepter tout simplement cet honneur que l'on me fait. J'accepte donc.

Mais je suis encore incertaine quant à ce que cela signifie pour moi. Ce qui a un véritable sens, c'est que ce soit toi, Jean, qui me la remette.

Tu es un grand homme de théâtre. Tu lui as consacré ta vie. Je t'admire et je suis heureuse de cette occasion de te dire que tu fais partie des deux – peut-être trois – personnes qui ont le plus compté dans ma vie professionnelle. Je pense toujours à toi. Tu ne le sais sans doute pas.

D'abord parce que tu m'as laissé un maître mot : « N'explique pas. » En art, l'explication, le didactisme, tue la vie. J'ai toujours ce mot à l'esprit, que ce soit pour jouer la comédie ou pour écrire.

Puis tu m'as offert mon premier grand rôle au théâtre – Hélène dans *La guerre de Troie n'aura pas lieu* – et j'ai beaucoup appris de ton exigence.

Tu plaçais la barre très haut. Pour tout, pour la pièce, pour son sens, mais aussi pour une réplique, un geste, un silence même.

Tu la plaçais tellement haut qu'on se prenait souvent les pieds dedans, nous, interprètes ! Nous te maudissions en coulisse, souvent. Mais quand nous te regardions travailler avec les autres comédiens, nous pensions : « Il a raison, bon sang, il a raison… » Tu avais toujours raison ! Et quand nous voyions un de nos camarades, aux prises avec ton exigence, discuter, tenter d'échapper, de te faire à tout prix baisser la barre, nous pensions : « Ah non ! Il ne faut pas ! » – et Dieu merci, tu ne la baissais jamais.

C'est de cela, précisément, que je voulais te remercier, car cette exigence était empreinte d'une grande foi en nous, d'une grande confiance : tu croyais qu'on y arriverait.

J'ai rencontré depuis des gens qui placent la barre très haut, mais rarement pour les autres. Dès qu'on se prend les pieds dedans, ils lâchent, ils se disent : « Bon, elle n'y arrivera jamais », et on reste avec l'incertitude de ce qu'on aurait pu atteindre. Et quelquefois il n'y a pas de barre du tout. Il faut l'inventer. Dans ces cas-là, je pense à toi : « Il l'aurait mise où, lui ? »

Pendant le travail, on se plaignait parfois de toi, oui, mais quand j'y pense… quelqu'un qui voit pour vous, et croit en vous à ce point, quel confort !

Pendant ce travail sur la pièce – où tu m'avais imposée, tout de même, dans un rôle décrit comme « petite et blonde »… quelle confiance, tu vois ! – tu nous as aussi merveilleusement parlé de la clarté de Giraudoux. Alors on ne prête plus serment en recevant la légion d'honneur, mais j'ai envie de te faire une promesse. Je te promets de tendre vers la clarté du cœur et celle de l'esprit – en espérant que si l'une vient à faillir, l'autre prendra la relève, et inversement.

Puis j'ai envie de te faire un cadeau. Je sais à quel point tu aimes les textes, toi qui leur as consacré ta vie ! Tu m'épaterais beaucoup si tu connaissais celui-là, car il est d'un auteur inconnu et fut trouvé dans une église de Baltimore en 1692 – enfin sait-on jamais… ! À propos de clarté, je n'ai rien lu de plus limpide. Ce sont des conseils pour vivre, en 1692, maintenant et toujours. »

J'ajouterai donc à la fin la lecture de ce petit texte qui date de 1692 et qui est si clairement d'actualité (je devrais même plutôt dire « d'éternité ») que ça me semble une belle façon de clore.

DÉSIRS

« Allez tranquillement parmi le vacarme et la hâte, et souvenez-vous de la paix qui peut exister dans le silence.

Sans aliénation, vivez autant que possible en bons termes avec toutes personnes. Dites doucement et clairement votre vérité et écoutez les autres, même le simple d'esprit et l'ignorant ; ils ont eux aussi leur histoire.

Évitez les individus bruyants et agressifs, ils sont une vexation pour l'esprit. Ne vous comparez avec personne : vous risquiez de devenir vain et vaniteux. Il y a toujours plus grands et plus petits que vous.

Jouissez de vos projets aussi bien que de vos accomplissements, soyez toujours intéressé à votre carrière, si modeste soit-elle, c'est une véritable possession dans les prospérités changeantes du temps.

Soyez prudents dans vos affaires car le monde est plein de fourberies. Mais ne soyez pas aveugles en ce qui concerne la vertu qui existe ; nombre d'individus recherchent les grands idéaux, et partout la vie est remplie d'héroïsme. Soyez vous-même. Surtout, n'affectez pas l'amitié.

Non plus ne soyez cyniques en amour, car il est en face de toute stérilité et de tout désenchantement aussi éternel que l'herbe.

Prenez avec bonté les conseils des années, en renonçant avec grâce à votre jeunesse.

Fortifiez une puissance d'esprit pour vous protéger en cas de malheur soudain, mais ne vous chagrinez pas avec vos chimères. De nombreuses peurs naissent de la fatigue et de la solitude. Au-delà d'une discipline saine, soyez doux avec vous-même, vous êtes un enfant de l'univers, pas moins que les arbres et les étoiles ; vous avez le droit d'être ici et qu'il vous soit clair ou non, l'univers se déroule sans doute comme il le devrait.

Soyez en paix avec Dieu, quelle que soit votre conception de lui, et quels que soient vos travaux et vos rêves, gardez, dans le désarroi bruyant de la vie, la paix dans votre âme.

Avec toutes ses perfidies, ses besognes fastidieuses et ses rêves brisés, le monde est pourtant beau. Prenez attention, tâchez d'être heureux. »

Je vous embrasse très très fort,

Anny

Le 10 décembre 96

Chère Anny,

Tu m'as dit dans ta dernière lettre quelque chose que j'ai trouvé intéressant comme tout : nos élans et nos paresses.
Pour les élans, ça allait, j'ai assimilé tout de suite. Pour la paresse, j'ai eu plus de mal, tant pour toi que pour moi. Guillaume questionné a ri pas mal et dit qu'il n'y a pas de pire travailleur qu'un(e) paresseux(se). Ensuite, j'ai attrapé cette phrase dans *Les Faux-Monnayeurs* de Gide : « De toutes les passions, celle qui est la plus inconnue à nous-mêmes c'est la paresse, elle est la plus ardente et la plus maligne de toutes, quoique sa violence soit insensible et que les dommages qu'elle cause soient très cachés... » Bon, ça n'est pas de Gide, c'est de La Rochefoucauld, cité par Gide qui était malin (c'est ce que j'ai préféré dans le livre).
Ne crois pas que je devienne un bas-bleu. Je lis pour voir « comment c'est fait » : je m'accroche à l'idée d'écrire un « récit » pour ne pas dire un roman.

148

Comme tu regardes Pierre Bonnard, j'ai eu besoin d'aller voir « comment ils font ». Par exemple, je remarque la distance que mettent les meilleurs écrivains entre eux et leurs personnages : une distance faite d'amusement, d'affection, de léger persiflage, ou alors le style devient insupportable. Les phrases courtes sont plus commodément alertes. Gide utilise les points-virgules. L'histoire est souvent racontée au moyen d'échanges de paroles, beaucoup plus que je n'aurais cru, et parfois (chez Balzac) les personnages ne parlent absolument pas de façon réaliste et ça s'emboîte comme les poupées russes. Quelqu'un raconte un dialogue qu'il a eu avec quelqu'un d'autre « comme si on y était », pas vraiment subjectivement. Il y a des adresses au lecteur même chez les Russes, etc. ! Ça ne m'était jamais arrivé de lire de cette façon, et c'est très amusant (comme quand j'analyse un tableau en somme). Par contre je sais que la musique m'échappera toujours quant à la manière dont elle est fabriquée (une chance pour la musique !).

Si je raconte un jour mon enfance, que ce soit avec une certaine froideur et une distance sans mettre mes « tripes sur la table », comme le font certaines bonnes femmes écrivaines.

C'est ça le problème avec les femmes : le XIXe siècle les a rentrées en elles-mêmes et ça ressort au XXe siècle sans pudeur, avec cette « facilité » terrifiante des femmes quand elles veulent faire preuve de leur insondable profondeur. C'est comme la confiture, ça coule par les trous de la tartine. J'ai une amie anglaise qui, avec un accent formidable, dit « c'est dégoûtant ! ». Je préfère l'angoisse masculine devant la création, la prise en

compte des difficultés, et finalement le plaisir de faire quelque chose de difficile.
Je t'embrasse affectueusement,

Nina

PS : Est-ce que ça te plairait que je te fasse un portrait de toi en grand, avec un chat de hasard ? En attendant, comme dirait Saint-Exupéry, je te dessine un oiseau.

13 décembre 96

Chère Nina,

J'aime beaucoup l'idée d'être un jour portraiturée par toi – et en grand ! Morphologiquement, il est vrai que ça m'ira mieux que la miniature…

Je vais vous chanter un petit air d'Afrique, puisque je vous ai senti pencher vers une envie de mer. Je vous assure que ce serait stupide de passer à côté, et que le côté sain et vivifiant de là-bas, avec la gaieté et les fleurs en plus, surpasse largement la thalasso de nos côtes hivernales.

L'endroit est tenu par Christian et Françoise. Elle est très belle, avec un profil de statue africaine très pur. Lui est né là-bas. Ils aiment et respectent les Sénégalais qui travaillent chez eux et ça m'avait immédiatement frappée. Ils font très bien leur boulot, mais avec un entrain et un humour qui ne trompent pas sur leur satisfaction d'être dans cette maison-là. Tous, avec leur salaire, font vivre en moyenne dix ou quinze personnes des villages avoisinants. Françoise adore les plantes ; en vingt ans, elle a fait une merveille de jardin qui surplombe la mer. La plage en bas a été plantée de cocotiers par eux, ce qui est bien agréable – les palmes font un mi-ombre mi-soleil. Devant l'hôtel, elle forme une demi-crique protégée par une petite pointe rocheuse.

Le reste de la plage est assez « social ». Pas d'autres hôtels à côté, donc les femmes passent par là avec leur panier sur la tête, on va d'un village à l'autre, les troupeaux de vaches viennent y prendre le frais (ça, c'est une image que j'adore : les vaches couchées près des vagues dans le lointain. Elles sont libres, là-bas, fines avec de longues cornes et rentrent toujours seules chez elles).

Le soir, sur la terrasse on se fait des tournois de scrabble. Et puis on peut sculpter, peindre. À l'entrée il y a le sculpteur local (très doué… et beau comme un dieu !).

Je me rends compte en t'écrivant que je connais tous ces gens-là depuis quatorze ans. Quand j'ai déboulé là, j'ai senti les odeurs, vu les gens, regardé le paysage et j'ai su immédiatement que j'avais trouvé un des « chez moi » sur terre. Quelque chose de curieusement familier, la certitude déjà d'y revenir et souvent.

C'est très étrange, ces choses-là. Ça m'avait frappé en ce qui concerne le Portugal auquel je suis restée irrémédiablement étrangère bien qu'il soit culturellement plus proche de nous.

Le climat en hiver ? La saison sèche, donc pas de moustiques – ou très rares. Il fait entre 24° et 28°, une petite brume le matin pendant que les oiseaux picorent ton petit déjeuner jusque sur la table.

Paysage ? Je ne m'en lasse jamais. La Casamance est la partie la plus verte du Sénégal. La brousse y est claire, propre. Peu de baobabs, surtout de ces somptueux fromagers dont les racines sont parfois plus hautes que toi, des manguiers. Des oiseaux partout. Il y a une magnifique balade à faire vers l'embouchure de la Casamance. La brousse y est superbe, des îlots de verdure dans un terrain sableux ocre, et il y a, au-dessus d'un magnifique village qui s'appelle Diembéring, une forêt de fromagers absolument magique qui domine la mer. Tous les villages sont traditionnels : cases en terre et toits de chaume. Chaque maison a son petit jardin entouré de murets en terre ou de palmes séchées. Dans la cour, on fait tout, la bouffe au feu de bois, le lavage. Quelques rangs de culture pour la famille, un papayer, un bananier et un peu de manioc. L'eau au puits au centre du village. Des petits cochons noirs qui courent là-dedans. Les seuls bâtiments « modernes » (ciment et tôle) sont la mission – école et maternité. J'ai beaucoup collaboré avec les sœurs de la maternité. Au début, elles m'envoyaient des appels au secours et j'envoyais des colis de seringues ou d'antibiotiques. Un jour, télégramme urgent : plus de gants pour les accouchements ! C'est là-bas que j'ai rencontré le personnage incroyable qu'est le père Manuel. Il vaudrait à lui seul plusieurs reportages ! Aussi large que haut, roux, short à fleurs et chemise africaine, il parle français avec l'accent sénégalais parce que c'est là qu'il l'a appris ! Il intègre toutes les traditions africaines, à condition, dit-il, qu'elles soient positives. C'est ainsi que, après avoir célébré quelque chose à l'église avec les familles, il va ensuite avec eux assister à leurs rites. Il est toujours suivi d'une horde d'enfants qui hurlent de rire car il est drôle. Maintenant, quand je donne de l'argent là-bas, c'est pour l'internat. Aider des enfants de brousse à accéder aux études. L'énergie et la volonté que doit avoir un enfant là-bas pour arriver en sixième ! Les nôtres n'en dépensent pas autant pour avoir leur bac, vraiment.

Enfin, c'est doux, sain et gentil. Je ne connais pas un autre endroit comme celui-là. Et au dire de quelques autres habitués qui passent leur temps à courir le monde, ils n'en connaissent pas d'autres non plus.

Enfin réfléchissez – voyez. Et si vous êtes tentés je vous donne tous les numéros – ou j'appelle moi-même.

Il y a sept ou huit ans, j'ai assisté avec le père Manuel à la plus belle fête que j'aie jamais vue. C'était la première messe d'un garçon ordonné prêtre, dans son village. Et il célébrait pour l'occasion deux mariages ! Le village entier avait été recouvert de palmes pour faire de l'ombre. Les femmes avaient mis leur plus beau boubou et portaient des cornes de vache en équilibre sur la tête en signe de joie, la chorale et les joueurs de tam-tam étaient en pagne et pantalon blanc avec des rangs de perles en écharpe en travers de la poitrine. La musique et les chants étaient magnifiques et je me rappelle d'une rangée de paires de fesses admirables qui sautaient en cadence sous les pagnes, parce que j'étais placée juste derrière la chorale !

Au milieu de tout ça : les mariés – seuls de tout ce monde à être en costume européen – on aurait dit une pub pour la Samaritaine rayon prêt-à-porter. Ahurissant. Et après, la fête…

Les danses qui partent spontanément d'un groupe, comme si on avait craqué une allumette… les coups de feu en l'air avec de vieilles pétoires qu'on bourre de poudre (d'où sortaient-elles ?)… Les semblants de lutte entre garçons… Cette fête-là m'a beaucoup donné à penser sur nous. La spontanéité dans la fête nous est maintenant étrangère… Même en Bretagne, il ne doit pas en rester grand-chose. J'en suis sûre. On ne danse pas « comme ça », spontanément. On ne chante pas non plus d'ailleurs. C'est ainsi que, venant de notre monde de riches chez ces gens qui n'ont presque rien, je me suis sentie pauvre pendant quelques heures. Nous avons beaucoup perdu.

La belle image d'une autre cérémonie que je garde en tête était les vœux de deux jeunes sœurs africaines. Cérémonie catholique classique – un peu longuette, très solennelle. Mais la sortie ! À peine les deux sœurs avaient-elles passé la porte de l'église que toutes leurs copines en boubou qui les attendaient se sont mises à taper dans leurs mains et, crac, voilà les deux sœurs qui remontent leur aube blanche et zou zou zou se mettent à danser comme des folles tout autour de la place avec le popotin qui saute et la grosse croix en bois qui valsait par-dessus leur tête.

Je vous embrasse,

Anny

PS : Je me rends compte que tout en me faisant plaisir à vous raconter ça, ça ressemble fort à une entreprise de séduction… M'en fous. Parce que si je réussis à vous envoyer là-bas, je suis totalement sûre de mon coup : vous serez heureux.

Alors je n'ai aucun scrupule !

Ce vendredi 20 décembre 96

Chère Anny,

Whaahaahouah !
Tout baigne !
Reçu ta lettre + description des Fêtes + indications pratiques et les réservations sont faites.
Alors, ça nous fait un bien énorme ce projet que tu as « sélectionné » si j'ose dire. Pour le plaisir d'abord de connaître ton Paradis et JE SAIS que nous ne serons pas déçus, tu nous connais assez, avec en plus ton intuition, pour nous faire partir où nous devons partir ! Ensuite, pour le plaisir du plaisir que tu prends à nous « préparer le terrain » ! Ça double le plaisir. Tu dis qu'on a beaucoup perdu, en ayant tout. Je dis qu'au moins il y en a une (toi) qui reste dans l'enthousiasme.
Dans cet ordre de choses, j'ai eu un plaisir fou aujourd'hui à annoncer à plusieurs personnes que « nous partons pour quinze jours ». Ah ! ah ! (Et faut dire que ça crée une surprise, il paraît qu'on était à « Bessy-sur-Cure » sans trêve ni repos !)

Bessy nous a pris à Guillaume et à moi pas mal d'énergie, depuis quatre ans, et il est grand temps de se refaire.

À propos du père Manuel, crois-tu que quelques boîtes de gouache ou de pastels gras (les pastels gras sont assez faciles d'emploi et les gouaches utiles pour faire des décorations ou des pancartes ou des œuvres d'art par les enfants) ce serait une bonne idée ?

Nous venons à Paris pour la piqûre contre la fièvre jaune le 7 janvier. On pourrait s'arrêter « une minute » pour regarder ton livre sur la Casamance si ça t'est possible ce jour-là.

Je t'embrasse et Guillaume aussi.

Nina

PS : Reçu une lettre de Bernard en réponse au film de mon fils, qu'il a vu. La lettre de Bernard est superbe, une analyse extrêmement fine. C'est bien qu'il soit venu à la remise de ta légion d'honneur. J'espère qu'il aura trouvé quelqu'un qui lui convienne. Mais il aura du mal après toi !

Mardi 24 décembre 1996

Chère Nina,

Tu crois qu'il me regrette ? Quelle tristesse, vraiment.
Tu vois, le plus grand malheur de cet homme-là est
peut-être le peu de considération qu'il a pour le bonheur. L'idée qu'il s'en fait est amollissante, presque un
danger à combattre. Que de fois ai-je entendu, alors
qu'un semblant de paix, de détente, était là : « Allez !
On devient con. » Alors que la plus grande futilité est
peut-être ce mouvement perpétuel dans lequel il se
complaît.
Je sais qu'il peut écrire des lettres sublimes. Des lettres
d'amitié, d'intelligence, et même des lettres d'amour
merveilleuses. J'ai tellement souffert de son impuissance à être en intimité, en contact simple, que je n'ai
pas trop de considération pour son aptitude à écrire de
belles lettres. Je dirais que c'est une habileté affinée
pour établir des liens sans le contact, une manière de
peaufiner la distance, en séduisant les autres hors de
danger de les toucher. Je ne sais pas si ce dur propos est
valable pour l'amitié. Non, sans doute. Je sais, moi, que

ces sublimes lettres d'amour ne m'annonçaient pas le retour d'un homme qui me montrerait de l'amour.

Alors je préfère un homme qui sait tendre les bras à un homme qui sait écrire de belles lettres.

Bisous à vous deux,

Anny

Nîmes, samedi 1er février 97
(1er jour de tournée du *Mari idéal*)

Chère Nina,

Allez, ça y est, je récupère mon texte, mes camarades et mon corset. Je sens que cette tournée que je redoutais un peu sera finalement de bon aloi et… plutôt gaie, oui !
J'espère que vous avez bien profité de cette deuxième semaine au Sénégal. C'était charmant de vous avoir là-bas. Je suis rentrée reposée juste comme il faut. Je suis arrivée à Nîmes hier, pour répéter et j'ai passé ce matin de délicieux moments de vie d'actrice en tournée. N'ayant plus à porter, loin de la maison, le double chapeau de star et de ménagère, je me suis soignée sans vergogne comme un objet de luxe dans ma « junior suite », poncée, enduite de crème, recouchée, café au lit, en songeant que j'étais payée pour être la plus belle possible et faire rêver les gens. Incroyable métier ! Je m'en suis étirée les doigts des pattes arrière en éventail comme une chatte persane !

Anny

Dimanche 2 février 97

Chère Anny,

Je veux absolument commencer cette lettre-ci de dessous TON cocotier (pour lors je suis sous « l'arbre à côté », un palmier et l'arbre à oiseaux).

Alors, mission accomplie : on a vu les six villages et ce matin la messe à Diembéring. Guillaume a inventé de faire de la planche et ça m'a donné hier le fou rire de ma vie : il y va (vers la vague) la planche sur la tête, alors !…

On a vu arriver le moment où la jauge remonte et les forces et le moral avec, qui étaient au plus bas à notre arrivée.

J'entends en t'écrivant le grand bruit des vagues, avec des bouffées d'alizés et de chaleur. J'ai bravement continué de prendre des leçons de botanique africaine avec Mélamine Djiba, le chef jardinier. J'en sais un bout sur le coton double fleur et les diverses sortes d'hibiscus (le rouge à porte-étamines rouge et le mauve à porte-étamines blanche, et j'ai compris le moment où

la fleur est en érection et le moment où elle en a fini !)
Je pense beaucoup à toi, sous ta perruque.
Françoise et Christian, adorables, nous invitent pour l'apéro ce soir. Je sais que je finirai cette lettre à Bessy par manque de papier…

9 février 97
Dimanche… matinée

Ma chère Nina,

Envie de te livrer une pensée… J'ai songé dernièrement qu'à deux ans près ma mère aurait ton âge à présent. Loin de moi l'idée de te coller dessus une sorte « d'image de mère ». Mais, mais… C'est tout de même juste après que j'ai fait le point avec ma pauvre mère (notamment qu'elle m'est « apparue » – et j'ai encore du mal à mettre les guillemets !) que tu m'as proposé cette correspondance. Et je songeais dernièrement que je n'ai jamais eu auparavant de véritable rapport avec une femme plus âgée que moi. Des relations, oui, mais pas de véritable échange. L'ai-je inconsciemment évité ?

Des hommes de l'âge de mon père ou plus, oui, ça oui ! Mais les femmes ? Aucune. Désert… Fallait pas toucher par là, je suppose. C'était trop obscur, trop douloureux. Oui, sans doute ai-je préféré ignorer les femmes de l'âge de ma mère comme je l'ignorais, elle. Enfin, c'était juste une petite pensée. De toute manière, les choses ne sont pas si lourdes, si précises que veulent nous l'asséner parfois les psychanalystes ! Je ne crois pas qu'il y ait à craindre de nager en eaux un peu troubles.

On flotte. On va…

Allez, je poste. Ceci te trouvera à ton retour.

Je vous embrasse,

Anny

Le 11 février 97

Chère Anny,

Deux ou trois jours de plus n'auraient pas été de trop à la Paillotte ! Christian et Françoise nous ont offert l'apéritif le dernier soir, en même temps que les danseurs peuls. Une de leurs jumelles veut être peintre, il n'est pas exclu qu'elle(s) vienne(nt) à Bessy pour un week-end ou de petites vacances… discuter peinture !
J'ai peur de perdre trop rapidement les bienfaits de la Casamance. Je me cramponne à l'idée de m'allonger de temps en temps. Je pars au bord de la Cure et je m'allonge sur un banc (bien couverte) pour regarder les arbres (déplumés) par en dessous. C'est bien aussi. Mais le doux balancement des palmes est incomparable !
C'est bien étonnant que j'aie pu faire des photos en Casamance : vu l'ophtalmo / chirurgien au retour. Cet homme-là est froid comme la glace, je l'ai beaucoup énervé parce que je sautais au plafond chaque fois qu'il approchait son appareil avec une lumière incandescente et un narcotique pour l'œil. J'aime bien

qu'on me prévienne avant. Il prend les gens par surprise, mais j'allais plus vite que lui pour tressauter ! Donc il paraît que j'ai 1/10e à un œil et 2/10e à l'autre. Ça me semble bizarre parce que je vois, mais pas tout le temps. Ou alors, comme j'ai toute ma vie vu avec une sorte de sur-précision, je restitue à toute vitesse leur forme aux choses. J'ai des souvenirs complètement précis de la Casamance / Cap Skirring. En tout cas, de ma Casamance. Il y a des tas de gens qui ne voient rien du tout avec 10/10e de chaque côté.

Tu me parles d'« une maman ». Mon fils m'amène la mienne demain, avec son bras en écharpe. Je vais essayer d'alléger la charge en l'interrogeant sur la guerre, mesurant la chance que j'ai tout de même de pouvoir l'interroger.

Elle a eu tant d'imagination pendant la guerre qu'elle a brouillé toutes les pistes. J'essaie de percer cette chape de silence, et de la société, et de ma famille.

C'est tout à fait bien que tu m'écrives à propos de ta mère qui est effectivement de ma génération. C'est vrai que ça m'est arrivé (au moins deux fois) d'être choisie comme mère. Cela est bon et vrai tant que c'est pour progresser. Il ne s'agit du reste pas du tout pour moi de remplacer une mère absente. Mais d'un échange de l'ordre de l'affection amicale avec quelqu'un d'effectivement plus jeune, pour quelque chose qui fasse avancer.

Et surtout, surtout, ce que les liens familiaux ne permettent pas, dans une grande liberté réciproque.

Dans la première partie de ma vie, j'ai fort mal jugé la plupart des femmes. Ensuite je me suis aperçue que je n'aimais pas quand une femme douée ne se réalise pas. Et que j'apprécie énormément par exemple ton tempé-

rament, avec tout ce qu'il comporte, entre autres choses parce que tu avances.
Je t'embrasse affectueusement,

Nina

Chère Nina,

Toujours en tournée.
À la gare, mon regard tombe sur… *Mon jardin, ma maison* (tu ris ?) et (oh ! l'imbécile !) je le prends. Depuis quelques mois déjà, prudemment, j'évitais de me faire du mal en empilant sans les lire *L'Ami des jardins*. Et voilà, la connerie… J'ai bu, j'ai avalé, j'ai quasiment léché les photos, perdu la notion du temps, et quand j'ai relevé la tête, défilait sous les fenêtres du train un bocage exactement semblable à la Creuse. Haies de noisetiers, châtaigniers, petites parcelles en bordel, ruisseaux perdus, et çà et là, des fermes en granit – mon cher granit ! C'était trop tard, j'étais partie… la terre était d'un beau brun, tu sais, juste ce moelleux qu'il faut quand il a bien plu et qu'elle est « ressuyée », à point pour être souple sans être collante. J'ai plongé mes mains mentalement dedans… s'ensuivit une heure et demie pendant laquelle (chose que je m'étais interdite depuis belle lurette) j'ai fait en pensée le tour de mon jardin creusois et l'inventaire de mes plantes, sans

en omettre une seule. J'ai donc pu constater que je peux encore décrire 50 cm par 50 cm tous les massifs de ce jardin comme si j'y étais. C'est-à-dire que j'ai beau faire, essayer que ce soit loin, abstrait, j'y suis de corps, de mémoire, de cœur et de viscères.

Et voilà, un pauvre petit manque de vigilance envers les défenses et j'étais replongée jusqu'au cou dans la frustration, le manque fou, à me jeter par terre pour bouffer de l'herbe…

J'en ai perdu toutes mes forces.

Mais ce coup de Trafalgar n'a pas été inutile. Ça m'a bien foutu le nez dans ma faiblesse et ma douleur (moi qui voulais minimiser !).

Donc, voilà. J'essaie de me requinquer. Je colmate, je rassemble ma prudence. Tu vas rire et peut-être trouver ça puéril. Sais-tu ce que j'ai fait ? J'ai tiré le rideau à côté de moi dans le train pour ne pas voir la campagne ! Allez, il faut que j'arrête de penser à ça jusqu'à la représentation.

Ça suffit.

Anny

Chère Anny,

Je suis ennuyée que tu aies ce chagrin.

Pour ma part, j'essaie de grappiller un peu d'Atelier. Je pense à des toiles qui diraient, d'une façon ou d'une autre, la Casamance (quel beau nom de pays). Et pourtant je commencerai par ton portrait. Ça me fera du bien, parce que c'est difficile. Je ne peux pas dire que j'y réfléchisse encore vraiment, mais je suis tout de même sûre de te peindre « façon Munch » et j'ai l'impression que ça te plaisait assez. Je ne sais pas si, depuis ta lettre, les choses ont évolué pour toi.

Comme dit *L'Ecclésiaste*, il y a un temps pour chaque chose, un temps pour vivre, un temps pour pleurer, etc.

Je t'écris de mon bureau en haut, la pluie frappe sur le Velux. C'est agréable. Où en est ta tournée ? Je suppose que tu es revenue de Bruxelles. J'ai l'impression d'être la seule à bénéficier encore de la Casamance, qui m'a laissé une profonde idée de ce que c'est que d'être soi-même, c'est-à-dire respirer à son rythme, ce que j'avais oublié depuis un certain temps ! Aussi je prends un moment chaque jour pour respirer à fond, ce qui évite les crampes dans les côtes. Quand on pense que l'enfer, c'est les autres !

Alors, respire !

Je t'embrasse,

Nina

Chère Nina,

J'ai écrit un petit éditorial pour SOS PAPA. Je te l'envoie.
Pour le reste, je te tiens au courant.
Avec toutes ces salles de théâtre comme des halls de gare et ces bourgeons partout qui me rendent malade, je t'assure que la bonne mine casamançaise est loin !

Anny

Aux adhérents de SOS PAPA

Bonjour à tous,
Michel Thizon m'a proposé voilà un an environ d'être marraine de SOS PAPA, et j'ai accepté. Je m'avise tardivement que je ne me suis pas encore adressée directement à vous ! C'est tout de même la moindre des

choses de me présenter un peu et de vous dire pourquoi j'ai accepté. Pardon d'avoir mis presque un an à le faire.

Je crois pouvoir dire que j'ai un tempérament loyal, franc, porté vers la justice et l'envie d'égalité. Et l'homme pour moi, et depuis toujours, est tout simplement mon semblable doté de quelques différences.

Je fus élevée dans un esprit de liberté et d'indépendance. J'ai eu la chance de gagner ma vie très tôt et je n'ai jamais eu l'idée qu'un homme eût pu subvenir à mes besoins.

Puis, passée ma vie de jeune fille – que d'aucuns auraient appelé une vie de garçon –, j'ai aimé, vécu avec quelqu'un et eu deux enfants de lui.

Dès leur naissance, j'ai eu le sentiment qu'il était très important que leur père s'occupe d'eux autant que moi, qu'ils reçoivent à part égale l'empreinte masculine et féminine, leur manière d'être et leurs sensibilités différentes. C'était crucial pour la formation de leur propre sensibilité et, probablement, leurs futurs rapports avec les hommes et les femmes. Et regardant autour de moi, je voyais cette écrasante majorité de femmes autour des jeunes enfants – gardes, institutrices, infirmières, etc. Cela choquait mon sens des proportions un peu paysan, et assez sain, je pense. Toutes ces femmes faisaient généralement fort bien ce qu'elles avaient à faire, là n'est pas la question, mais trop, c'est trop ! Et quelle terrible responsabilité, aussi… Nous ne sommes plus dans l'ordre ancien des choses, les femmes ont acquis une place dans la société, les hommes ne sont plus à la guerre ni écrasés par d'harassantes besognes physiques ou qui les exilent de longs mois au loin. Non, ils sont là pour la plupart, près de nous, pourquoi donc sont-ils si absents dans l'éducation des petits ? Je ressentais qu'il y avait là un manque, dont les dommages ne sont pas mesurables, bien sûr… Et il est vrai que cet état de fait tend à s'amenuiser quand les enfants grandissent.

Puis, après quinze ans de vie commune, nous nous séparâmes, mon compagnon et moi – comme malheureusement une bonne moitié de nos concitoyens. Il ne m'en voudra pas, je pense, d'évoquer notre séparation (de toute manière, un des aléas de notre métier est de souvent rendre public ce qui devrait rester privé – mais ça…). Elle ne fut pas violente, mais toute séparation, tout constat d'échec, est douloureux. Et se posèrent à nous les questions qui se posent immanquablement à propos des enfants.

Nous n'étions pas mariés. J'entrevis alors le pouvoir – que je jugeais alors moi-même exorbitant ! – que j'avais sur des enfants pourtant reconnus par lui. J'étais sidérée. Un détail, particulièrement, m'atterra : si mes enfants, en voyage ou en vacances avec leur père, avaient un accident ou un problème de santé qui nécessite une intervention urgente, il n'avait pas le droit de les faire opérer (ni même de les hospitaliser, je crois ?) sans mon accord… Et si je n'étais pas là ? Qu'il n'arrive pas à me joindre ? Allait-il rester impuissant à sauver notre enfant ? Aberrant.

Je pris donc moi-même l'initiative d'aller avec lui signer devant un juge une autorité parentale partagée.

Pour le reste ? Étant hors la loi, si j'ose dire, nous restait donc à inventer notre propre loi, ce que nous fîmes avec calme et bon sens, pour le bien des enfants, sans qu'aucun intermédiaire ne s'en mêle. Mais je sais, sans vouloir m'en glorifier, que cela tenait beaucoup à moi, et que si m'avait prise une envie de guerre à travers les enfants, j'avais toutes les armes en main et lui aucune. C'est affreux.

Seulement voilà, jamais une seule seconde je ne me suis sentie propriétaire de mes enfants, ils ne sont pas un appendice de moi, ni des otages, et je ne m'arroge aucun droit de les frustrer de leur père – j'avouerai que j'ai craint, au contraire, que les circonstances fassent qu'ils ne le voient pas assez ! (Certains d'entre vous penseront amèrement : « Il en a de la chance celui-là. »)

Puis j'ai vu, parmi mes proches, un homme bafoué dans ses droits légitimes et sa tendresse de père. Je l'ai vu – bien que reconnu comme un père exemplaire par psychologues et enquêteurs sociaux – essuyer tous les coups bas donnés impunément en privé, et attendre des mois, des années, des décisions de justice hasardeuses, trop souvent soumises à l'arbitraire des juges, et immédiatement remises en cause par un appel. Et la mère acharnée à séparer l'enfant du père demeurer sacrée, envers et contre tout.

Et d'autres cas aussi parmi mes amis. Et vos ennuis à vous que je lis dans ce bulletin…

Nulle instance morale supérieure, nul conseil des sages pour dire à celui qui veut obstinément nuire : « Ça suffit, maintenant ! » De même qu'on peut dire ironiquement de la médecine qu'elle s'occupe de la maladie mais pas de la santé, j'ai l'impression qu'on peut dire souvent de la justice qu'elle s'occupe de la guerre mais pas de la paix ! Avec ses lenteurs, ses tracasseries, ses atermoiements possibles, elle fait le jeu de celui qui ne veut pas que les choses s'arrangent. Le temps passe, passe… Et les enfants grandissent… véritable torture.

Je reconnais, je vois, que vous êtes effectivement victimes d'une sorte de sexisme ambiant à l'égard du père. Il faut prouver toujours et encore votre innocence, comme si vous étiez présumés coupables d'on ne sait quelle faute originelle ou plutôt si, on le sait : vous êtes victimes d'un contrecoup imbécile de la libération des femmes – si utile par ailleurs. Il fallait bien que les femmes acquièrent un vrai statut social, et les mères une protection, elles qui ont été si longtemps écrasées. Mais doit-on pour autant écraser maintenant le père ?!

Je m'entretenais dernièrement de vos problèmes, de cette scandaleuse discrimination, avec une femme d'une soixantaine d'années que je croyais jusque-là intelligente... elle balaya mes arguments d'un geste excédé en s'écriant : « Ah, zut ! Il y a eu tellement d'abus dans l'autre sens, alors hein... ! » Sous-entendu : « Ils n'ont qu'à payer maintenant ! » Ce genre de réaction est monstrueusement bête. Sur combien de générations devriez-vous payer les erreurs de vos ancêtres ? Va-t-on continuer, partis comme nous le sommes, pour un vrai chaos social, à dévaloriser le père ? Comment les enfants respecteraient-ils quelqu'un que la justice ne respecte pas ? Et pourquoi respecteraient-ils la justice, la loi, si elle n'est pas juste ? Mon fils de quatorze ans, voyant un de nos amis se battre deux ans pour gagner un pauvre week-end par mois avec son enfant, ne s'est-il pas écrié : « La justice, c'est de la merde ! » Il n'y a pas de quoi rire. Vraiment. C'est on ne peut plus inquiétant.

Se rendent-elles compte, ces mères qui se veulent omnipotentes, quelle accablante responsabilité elles prennent ? Quels garçons vont-elles élever en leur apprenant que les besoins de tendresse d'un homme, d'un père, sont négligeables ? Quelles filles vont-elles faire en leur signifiant déjà que l'homme est bon pour les entretenir et ça suffit – le premier homme de leur vie, leur père, n'aura-t-il pas été considéré comme un « cochon de payant » de pension alimentaire ? Et nous voilà repartis pour le joyeux manège de la misogynie et des femelles profiteuses... sans parler de la douleur intime, de l'insupportable blessure au point le plus douloureux : l'amour de son enfant et le besoin d'en prendre soin. Et le sentiment d'être déchu, déshonoré au sens propre du terme : non respecté dans son rôle fondamental d'éducateur et d'adulte responsable.

Je comprends votre souffrance. Je vous plains de tout mon cœur. Aucune injustice passée envers les femmes n'excuse cette injustice présente envers les pères. Il faut que cela change. Il y va du bien de tous. Maintenant que les femmes ont gagné leur place dans la société, il faut que les hommes, de la même manière que les forces se complètent et s'équilibrent dans le signe chinois du yin et du yang, prennent une place plus intime dans la vie familiale et l'éducation des enfants. Et c'est folie de décourager ainsi les hommes de bonne volonté qui veulent cet équilibre et leur part de tendresse.

Je vous en prie, ne vous découragez pas. Votre combat n'est pas seulement personnel, il est fondamental pour l'avenir. Nous avons besoin de vous pour élever nos enfants.

Pour ma part, je ne manquerai pas, comme je l'ai déjà fait, de m'exprimer publiquement sur ce sujet. Et je sais que nombre de femmes de bonne foi pensent comme moi.

Nous sommes avec vous.

Courage !

A.D.

Lausanne
Le 2 mars 97

Chère Nina,

Bernard accepte de me vendre la Creuse. Il est décidé.
Ça se fera. J'ai refait le coup de l'anesthésie face aux
trop bonnes ou trop mauvaises nouvelles. Le froid.
Rien. Une sorte d'insensibilité étrange. Une paralysie,
peut-être, suite à un trop grand désir, trop profond.
Comme tout à coup un engourdissement et puis, au fil
des heures, une petite pensée lumineuse « soigner
moi-même mes rosiers ! », comme un fourmillement
de sang qui circule de nouveau dans un membre
engourdi. Puis, hop, ça s'évanouit. C'est presque douloureux de ne pas pouvoir creuser (?!!) la pensée,
éprouver une vraie joie. Trop de frustration. Trop
longtemps sans doute. Ça ne peut pas se soulager d'un
seul coup. Ça m'embête de ne pas pouvoir « toucher »
ce que j'ai tant attendu. Comme si c'était derrière une
vitre froide.
Il est vrai que c'est encore l'idée de l'herbe et pas la
vraie herbe. Tu sais que seule la réalité m'émeut vrai-

178

ment (c'est pourquoi les mythes et les symboles n'arrivent pas à enflammer mon imagination !).

Je crois que je me suis cachée à moi-même à quel point j'ai profondément souffert de cette histoire. J'ai tant étouffé cette douleur que c'est peut-être elle qui va sortir d'abord… Comme si je voulais digérer radieusement un bon repas alors que j'ai encore un gros dîner indigeste sur l'estomac ! Faut que l'autre passe d'abord. Laissons faire…

Je ressens avant tout une grande fatigue. Et une petite déception – oui, c'est le mot, déception – de ne pas pouvoir ressentir une joie franche.

Lendemain – Mercredi.

On va quitter la Suisse dans une demi-heure, ouf ! J'étais hier dans un magnifique hôtel et par la fenêtre de ma chambre rose, derrière le balcon, s'étalait le lac Léman et dans le fond toute une chaîne de pâtés marron avec de la neige au-dessus. À chaque fois que mon œil tombait sur ce somptueux et immobile panorama, je pensais : « Dieu, que c'est chiant ! » Même les canards sur l'eau ont l'air de se faire chier ici ! Et à voir quelques personnes au pas lent et mesuré dans leur petit loden arpenter la promenade le long du lac, je n'ai même pas eu envie de sortir. Ce genre de paysage me colle dans un état de nerfs !

Je piaffe avec une envie de monter sur les tables en remontant mes jupes, de faire caca (si je pouvais !) dans le lac ou sur les trottoirs, de hurler pour déranger tout ce mortel et immuable calme… Je deviendrais subversive ici ! Mais toutes les mouettes du lac s'étaient donné rendez-vous sur mon balcon au lever du soleil pour s'engueuler comme du poisson pourri... Je me suis levée hagarde pour gueuler un bon coup et les faire fuir. Je me rendors – crac ! Les revoilà avec leur caquetage de harpies furieuses. Je me relève excédée et qu'est-ce que je vois ?! Dix moineaux sur ma rambarde qui s'engueulaient de concert au-dessus des mouettes. J'ai regueulé, à poil devant le lac et ces imbéciles de montagnes, et je ne me suis pas rendormie.

Allez, la Suisse deux jours, c'est un maximum !

J'arrive à Paris. Je poste.
Je vous embrasse.

Anny

Le 6 mars 97

Chère Anny !

Tu ne peux pas savoir à quel point je suis contente de savoir que tu vas pouvoir reprendre ton creux de Creuse. C'est vrai qu'on arrive à connaître chaque pousse et pouce de terrain.

J'espère maintenant que toutes les questions techniques vont pouvoir se résoudre rapidement.

Les choses se sont enchaînées les unes aux autres (dans le genre obligations physiques et morales). Et je commence très sérieusement à me languir de la peinture ! Avoir en tête ton portrait et la Casamance commence à ressembler à un 8e mois ½ de grossesse !

Je t'embrasse.

Nina

PS : Guillaume me faisait remarquer que tu es d'une « exceptionnelle tendresse » (c'est son expression) pour avoir ainsi investi tant d'amour dans cette maison, sans te préoccuper du tout d'en être officiellement propriétaire.

Chère Nina,

Public très difficile, ici.

J'ai vraiment un coup dans l'aile avec cette nouvelle de la Creuse à digérer. Mais ça digère, ça digère… Je laisse les choses, les idées, les envies se poser comme la neige, doucement, et renaître et s'évanouir.

Mon Dieu ! Quelle chute de forces ! Que tout ça était profond, terrible… Je dors trois heures malgré les calmants… j'ai les jambes qui flageolent… C'est rare que je me sente si impuissante à me reprendre en main. C'est au bord de la peur du craquage, si tu vois ce que je veux dire… Je déteste sentir mes jambes qui se dérobent sous moi sans prévenir !

J'aime beaucoup le mot de Guillaume à propos de la tendresse. Il a raison, je crois… Dans ce sens où ce n'est pas chez moi une idée, une intention, même un sentiment – c'est une pratique. Ça suppose, dans la pratique, d'aller vers ce qu'on aime sans garantie, sans bouclier, sans penser qu'on pourrait avoir à se défendre. L'idée même de garantie pourrit à mon sens tout sentiment ou élan sincère. Cela sous-entend bien sûr la foi (insensée, diraient certain) en son semblable, l'espoir fou qu'il me sera rendu la même chose. Comment savoir si la tendresse existe vraiment si on ne prend pas le risque de l'appeler en baissant toutes les armes ? Ça vaut quelques affreux coups sur la patate. Et rien ne vaut, en tout cas, d'être en accord avec soi-même, et avec ce qui est – malgré les coups sur la patate et les jambes flageolantes… – une profonde conviction : la seule manière d'avancer est d'aller sans bouclier et sans marchandage…

J'espère donc que cette histoire de Creuse – aussi importante pour Bernard que pour moi – va « bouger » quelque chose en lui, par exemple ce refus total d'envisager d'être heureux avec quelqu'un, qui est de l'ordre du désespoir.

Il y a des gestes qu'on fait, alors qu'on ressent un malaise profond, qui entraînent irrémédiablement une profonde remise en cause de sa manière de fonctionner ou de se protéger. Pour peu qu'on ait un peu de courage, bien sûr…

Moi, le geste a été d'ouvrir le tiroir où étaient les photos de mon père et de les regarder. J'ai eu beau tout reflanquer dans le tiroir, c'était foutu. J'avais fait le geste, IL ÉTAIT TEMPS. Enfin. On verra. Tout ça est très intéressant.

Grenoble – six représentations en vue. De quoi se poser. Respirer. J'ai toujours eu de bons souvenirs du théâtre et du public de Grenoble (ville universitaire).
À vérifier !
Je t'embrasse très fort,

Anny

Bessy, mars 97

Chère Anny,

Je crois que la Creuse, ton jardin, la continuité pour les
enfants, doivent pouvoir être pour toi un facteur d'équilibre.
Nous faisons quelque chose de difficile, intéressant
mais difficile en nous écrivant sur ces choses que souvent les gens taisent, ou alors il s'agit de confidences
(et je ne me considère pas comme une confidente). Je
pense plutôt à une écoute sincère, amicale, ce qui exclut
le sermon, ou la distribution de satisfecit moraux, ou
d'indications directives. Te connaissant maintenant un
peu, ce serait idiot de ma part !
Il me semble que, pour toi comme pour moi, la perte
brutale (dans l'enfance) d'un, ou des deux parents, nous
a rendues prêtes à perdre, et en même temps prêtes à
résister à la perte, à nous révolter contre trop de perte
(trop, c'est trop). Bref, à pouvoir la prévoir, même la
vivre, mais cela nous a aussi décidées à construire
envers et contre tout, à nous poser en travers des forces
négatives qui prennent leur propre force dans le fait de

prendre. Bref, à reconstruire et à reprendre, nous nous employons un jour ou l'autre (le jour où le trop nous entraîne au fond). Je ne sais pas si à mon tour je m'exprime clairement.

Quand, pour beaucoup de gens, avoir c'est être (alors que, pour nous, il s'agit d'être, en premier lieu), il y a lieu, aussi, de ne pas tout perdre dans ce monde d'affrontement.

La disposition que je connais, qui est de donner « à fond perdu », est finalement simple. Ensuite, c'est, ou pas, dans le meilleur des cas, un « pan sur le bec », ce qui est assez simple aussi. En tout cas cette disposition-là, donner (hors de tout marchandage), suppose qu'on se sente une grande force intérieure. Seul le sentiment d'une limite dans le temps peut donner envie... de donner moins « à fond perdu ». En tout cas, envie de discerner au mieux à qui distribuer ses forces ! (Peut-être là un signe pour moi de vieillissement.) Ça ne m'arrive pas encore à l'égard des gens que j'estime et que j'aime, un peu plus à l'égard des autres, qu'avant !

J'ai lu attentivement ton texte aux pères. Je n'arrive pas à comprendre que les femmes en soient encore à la pension alimentaire. Je n'ai pas eu l'idée d'en demander une pour mes deux divorces. Les femmes qui ont leur indépendance pécuniaire et morale en tête, et une exigence primordiale de bonheur-qui-se-gagne au prix de pas mal de moments difficiles (un prix à payer soi-même) ne sont pas légion ! Bref, quelque chose a rétrogradé avec cette idée affreuse de prendre l'enfant comme instrument de vengeance. C'est vrai aussi que la mère naturelle, biologique, a des pouvoirs énormes. Combien de fois n'ai-je pas entendu les femmes (vie confortable à la maison, celles que j'appelais les « nourries-blanchies-logées ») se plaindre du « père

absent », alors qu'il travaillait dur pour nourrir, loger, donner l'indispensable et le superflu à sa nichée ! Ce « ça n'est jamais assez » des femmes a créé une sale situation de défiance entre les sexes. Tout ce que tu penses et dis pèse son poids de vérités bonnes à exprimer. Il y a des choses indépendantes de la volonté : on me dit que j'ai changé de figure dès que j'ai appris qu'on avançait la date de l'opération[1] ! Curieusement, j'ai l'impression de voir très bien, sauf les visages qui prennent l'allure d'un portrait de Dora Maar par Picasso quand je ne m'y attends pas. Je lis sans lunettes (!) mais je ne peux pas conduire, la perspective se bouscule et je vois les points de fuite fermés, comme si la route diminuait vraiment, et les « 90 » se mettent à gigoter et à sortir de la pancarte en tournoyant. Toutes visions curieuses, vraiment. L'ennui, c'est que le jardinage me sera interdit au moins un mois après l'opération. Probablement au moment où tu t'y remettras, veinarde ! Alors je mets les bouchées doubles, assez modestement, à mon niveau. Je m'occupe des primevères et j'ai compris beaucoup mieux la taille des rosiers. L'année dernière, je n'avais rien vu du printemps, pour cause d'exposition, cette année ça part fort dans la nature, j'espère que ça ne va pas geler là-dessus.
Je t'embrasse,

Nina

---

1. Nina sera opérée d'une double cataracte.

Nuit du mardi 19 au jeudi 20 mars 97
Paris

Chère Anny,

Impossible de dormir. On m'a opérée ce matin.
J'avais vu l'ophtalmo cette semaine avant d'être opérée. C'était intéressant. Il a pris (c'est un homme assez
âgé) un air de vieux mandarin quand je lui ai parlé
d'une adaptation. Eh oui, a-t-il dit, les gens se contentent
de peu. Ils pensent que voir un peu leur suffit ! Vous,
vous focalisez sans arrêt, en balayant (c'est à peu près
son expression) sans arrêt.
Si je l'ai bien compris, cette opération dérégule le
lacrymal et ma façon de regarder n'arrange rien. Ce qui
est sûr, c'est que je n'arrive pas à ce « on s'habitue à
tout ». Pas très rigolo ce que je t'écris.
En fait, je commence à sentir le temps (je n'avais
jamais compté avec lui, je l'avais illimité) et je commence à « me défendre », comme on dit. Ça, parce que
je vois bien, en envisageant cette toile de 2 mètres 80,
que peindre demande une énergie physique dont
dépend l'envergure de la chose. Et tout de même, il faut

prendre en compte l'insidieuse impression de déglin-gage. Bon, je ne suis pas trop marrante cette nuit.

Et puis je n'admets plus ces relents à jets répétés de hargne et de mal qu'on se fait, comme s'il fallait payer à longueur de vie le bonheur qu'on veut reconstruire par un contrepoint en lamento, sans jamais souffler. C'est là qu'on est rattrapé par son passé. Il m'a semblé, pendant vingt ans, échapper à cette loi du talion : « Tu payeras ton bonheur plus cher que tu ne crois. » Je déteste cette idée d'être rattrapée par le passé.

Bref, au retour, je me mettrai au boulot et qui vivra verra. Je voudrais bien que tu ne m'en veuilles pas de t'écrire ça cette nuit. Pour une sorte de « mère » que tu pouvais compter avoir, je fais piètre figure. Bref, j'ai le numéro de la Creuse avec moi, et t'appellerai dès que j'aurai retrouvé mes esprits, demain ou après-demain. Je vais essayer de dormir, ça me fait drôlement plaisir de te sentir chez toi en Creuse.

Nina

PS, le 23 mars : Opération 100 % réussie, le chirurgien est content de lui.

Retour à Bessy, tulipes mauve foncé (surprise) avec myosotis bleus comme tes yeux.

Dans ma grande toile, un couple (inspiré par la femme de la photo que tu aimes bien), ça s'appelle « le rêve de la vie ».

Ça a donc 2 mètres 85 de long. Je m'y suis réattaquée dès le retour !

Je t'embrasse.

Samedi 26 avril 97

Chère Nina,

Orléans, toujours en tournée.
Sais-tu que ce n'est pas désagréable de te découvrir fragile ? Je dis découvrir parce que, comme moi, tu fais tout ton possible pour ne pas le montrer, ce qui abuse les brutes qui n'ont de cesse de nous taper dessus, croyant qu'on est des rocs inattaquables ! C'est peut-être en ces moments de déstabilisation (l'opération) que tu t'aperçois que tu te laisses « naturellement » becqueter. Tout à coup, ça t'est insupportable, alors que ton seuil de résistance était en fait déjà dépassé – mais fortes comme nous sommes, n'est-ce pas ? En temps ordinaire, on ne dit rien, on éponge… Et quand brusquement on dit, on montre que c'est trop, les autres sont tout à fait surpris. « Qu'est-ce qui lui prend ? »
Ce n'est pas forcément la faute des autres s'ils ne voient pas ce qu'on cache si bien. J'ai beaucoup aimé ce que tu me dis des « relents à jets répétés » d'un sentiment de malheur qui vient toujours – comme s'il le devait ! – balancer le bonheur d'être. Ha ! que tu as raison !

J'ai vécu ça pendant des années ! On pensait que ça devait être « notre lot » de ne pas être plus heureux que ça, que le poids et la difficulté en intimité étaient un contrepoint obligé de la chance que nous avions par ailleurs…

Je ne savais pas du tout comment en sortir, ni même s'il était possible d'en sortir.

Ha ! Que j'en ai marre, tu ne peux pas savoir ! Cet été – l'été de mes cinquante ans ! – doit marquer un tournant dans ma vie, en ce sens où je veux arrêter de SUBIR.

En Creuse, la chose qui m'a brusquement sauté aux yeux quand j'ai retrouvé la maison à l'état brut, en attente, est qu'il n'y a pas de couleur. Du moins aucune couleur créée ou apportée. Ça ne m'avait jamais frappée à ce point comme la maison entière est uniformément et sévèrement marron et blanc-gris. À une époque – il y a dix, quinze ans – un jaune ou un rosé éteint étaient déjà « osés » en déco. Bref, l'austérité authentique était au goût du jour. J'ai cette impression très forte que cette maison est comme une matière brute en attente, que tout y est possible – exactement comme une toile vierge, neutre, bien enduite, solide, une base pour y dessiner de la vie…

Tu imagines ? Une maison comme une toile neutre de 300 mètres carrés à peu près ?

J'ai acheté de quoi faire deux essais dans deux pièces un peu à part. D'abord une salle de bains au rez-de-chaussée, assez sombre et austère mais que j'aime énormément car c'est merveilleux d'y prendre un bain le soir, la porte-fenêtre ouverte sur les fleurs et l'herbe, avec un petit soleil couchant qui vient par là… J'avais toujours mis un petit lit dans cette pièce (il sera remplacé par un confortable canapé) parce que je ne voyais pas pourquoi les adultes devaient rester debout ou assis sur d'inconfortables tabourets en regardant patauger les petits ! Les petits ont grandi, et j'ai gardé le goût des « salles de bains-salon » où on vient discuter avec celui qui prend son bain… Cette petite pièce pour le moment marron et blanc va bientôt voir débarquer au pied de son mur de chaux rugueux, huile de lin, essence de térébenthine, siccatif et pigments divers, cadmium, ocre, ocre rouge… s'ensuivra, je pense, une frise hardie au pochoir. Un jeté de lit indigo et ça devrait changer de gueule. À moins que l'austérité ne gagne, c'est intéressant.

Il faut encore travailler et prendre patience. Je ne peux rien dire de plus, cette campagne prend toutes mes pensées. Dans le fond, c'est délicieux. Je sens que ça va demander encore du temps pour que le sentiment de légitimité prenne corps. On fait vraiment des choses psychologiquement très compliquées… Ce n'est pas seulement quatre ans de douleur et de frustration qui doivent s'évaporer, mais – j'y ai songé tout à coup en signant – quinze ans d'amour de cet endroit avec la crainte refoulée de le perdre puisque, sans vouloir y penser, je savais qu'il n'était pas à moi. Ça reste très présent encore, comme en transparence sur la joie et la sécurité nouvelle. J'ai besoin de temps pour m'y faire. Passerez-vous à l'occasion, si vous bougez en été ? Je vous embrasse très fort tous les deux.

Anny

PS : Putain ! Un tableau de 2 mètres 80 de large ! Tu n'y vas pas de main morte pour une convalescente… !

Le jeudi 15 mai 97

Chère Anny,

Ceci est un « bon » jour. Parce que je peux m'installer sous le préau pour t'écrire, à côté du logis de nos deux hirondelles. Pour le moment, elles squattent un ancien nid et font semblant (pour être tranquilles avec leur programme génétique) d'en fabriquer un neuf, ou plutôt des neufs.

Comme elles habiteront celui qui est fait, elles en commencent un peu partout, le début étant probablement le plus facile (comme dans d'autres « branches » d'ailleurs !). En conséquence, elles ont du temps pour folâtrer et passent de temps en temps pour voir si je ne touche à rien.

Ta bonne lettre est arrivée le jour de notre retour de Seine-et-Marne. Ça m'a ôté un poids, parce que je me faisais du souci. Après cette tension de quatre années, la résolution de ton problème maison, ça n'est pas rien et ça t'en a ouvert d'autres. Mais je pense comme toi : si on peut résoudre par des actes (planter, décorer, déménager, refaire les murs), c'est complètement positif.

Dis donc ! 300 mètres carrés ! Ici, je crois qu'on en est à 210 sans le préau et je trouve ça long à traverser, comme un bateau. Parce que je n'aime pas qu'un coin de la maison s'endorme. Ce qui fait qu'on change de chambre, on dort « en haut » en ce moment, il y a un Velux, et quand il pleut on entend la pluie, et les oiseaux le matin dès le lever du jour… et rester au lit avec plein de gazouillis là-dehors, c'est délicieux. Mais, en fait, c'est le premier jour depuis des mois que j'en prends conscience. Sans doute que j'étais moins « entière » que je ne pensais à cause de mes yeux. Au fait, c'est le premier jour que je dors sans « œillère » après la deuxième opération, un truc qui s'incrustait dans ma peau vu que je dors couchée sur le côté du deuxième œil, ça faisait comme un monocle longtemps dans la journée.

On me propose une conférence : « Les limites de la liberté pour le peintre ». Ça me va assez bien (limites techniques, limites imposées par la société, par sa propre personnalité, par le rôle qu'on demande à l'artiste de tenir, par la mode, etc., etc.). Une occasion de dialogue avec le public qui ne me déplaît pas. J'y mettrai ma toile grande, celle qui te fait dire « putain, etc. ». À vrai dire, je me suis accrochée au châssis, mais ça va mieux. Les deux personnages du centre, y a pas à dire, ça vient de toi dans tes voiles en Casamance, en contre-jour ! J'ai jusqu'à novembre pour y travailler.

Je disais ce matin à la jeune attachée de presse qui s'occupe de ça que, si personne n'est aussi impatient que moi, je me voue en ce moment à peindre des gens debout, qui attendent ! Qui sont désignés pour la patience ! Ce que j'ai éprouvé, que tu dis, ces temps-ci, c'est une immense lassitude d'avoir à faire encore et encore autre chose (pour moi, des encadrements, des listes, des textes, etc.) alors que, bon Dieu, on voudrait être tranquille !

Le problème est donc de ne pas se laisser envahir et nos métiers extravagants permettent souvent « aux gens », s'ils n'aiment pas vraiment beaucoup « les artistes », de se permettre d'y aller un peu fort. Le seul moyen de retrouver des forces est à l'évidence d'avoir son territoire, son jardin à soi, sa terre d'élection et de la cultiver.

Voilà pourquoi on a besoin de notre maison, d'y repeindre nos murs et nos poutres. Bref, besoin d'un ancrage, plus que tous ces « assis » qui se défendent en attaquant pour ne pas avoir à se mettre debout.

Voilà ! la colère, la Sainte Colère m'a prise contre tous les assis de la terre, alors que l'angélus sonne, que l'air est doux, que les colombes roucoulent, que les hirondelles tirent d'aile.

Je t'embrasse,

Nina

Dimanche 25 mai 97
Dernière à Lyon

Chère Nina,

Enfin ! J'arrive au bout du long tunnel « Oscar Wilde ».
Je craignais beaucoup cette dernière longue semaine à
Lyon et voilà, elle est passée. J'ai une tête que je ne te
raconte pas de fatigue, quoi que je dorme fort bien
depuis la Creuse.
Vraiment, que c'est dur de s'ennuyer dans ce métier…
Je ne pensais pas que je vivrai un jour une chose
pareille ! Enfin, on dirait qu'il a fallu que je passe presque
deux ans de ma vie à jouer ce personnage – qui ne vaut pas
qu'on lui consacre un si long et précieux morceau de
vie ! – pour des raisons qui toutes étaient « raisonnables »,
et il est normal que me tombe dessus cette insondable
fatigue, ce coup de vieux immonde qui nous saisit, nous
artistes, quand on s'oblige à faire longtemps quelque
chose pour des raisons raisonnables… Ça ne nous va
pas ! Cette pièce restera pour moi une expérience
étrange et un inqualifiable néant – la manière dont elle
aura été une épreuve est très difficile à définir.

J'observe que dans notre petite troupe ceux qui sont dans le même état que moi sont ceux qui d'évidence ont une vie de couple ou une vie familiale vivantes. Les autres ont un besoin un peu maladif de se remplir la vie (et les soirées). Donc les passer au théâtre, fût-ce pour jouer la même chose soir après soir, est un moindre mal.

Quant à moi, j'ai joué nombre de pièces déjà très longtemps et je n'ai jamais ressenti cette terrible aliénation au bord du dégoût. Je me demande aujourd'hui si tout simplement je le supportais parce que je n'étais pas heureuse. J'avais moi aussi en ce temps-là besoin de me remplir une partie de vie vide, et le répétitif était au contraire rassurant.

Mais depuis j'ai fait ma révolution intérieure, foutu les mains dans le cambouis avec les livres, rencontré quelqu'un et voilà : je ne supporte plus de faire le même tour entre quatre murs. J'écoute l'appel de la forêt et de la vraie nature. (Ça va me faire tout drôle de me trouver désentravée !)

Une nouvelle ère commence. Nous nous sommes dit ça avec une grande joie.

Nouvelle ère !!

Beaucoup à discuter. Pour essayer de moins être dépendants des aléas-grignotages de temps de notre métier. Essayer de lutter, de s'organiser, le peut-on ?

Avant cela, il y a deux semaines, nous avons vécu une sorte de crise violente avec Thierry. Ceci parce que je fus prise à Toulouse d'un ras-le-bol déprimé, à en rester couchée toute la journée, le truc qui te scie les nerfs. Pendant ce temps, il était allé se reposer quelques jours chez un copain dans le Nord de l'Espagne. Moi, je me morfondais affreusement, lui jouait aux boules… Apparemment, je ne trouvais rien à redire. Il avait bien besoin d'un peu de détente et il était mieux à se détendre avec des copains qu'à se morfondre à assumer mon marathon avec moi.

Puis, une nuit, je suis réveillée à 3 heures du matin par un coup de fil de Thierry très déprimé. Je lui manque terriblement… À peine réveillée, j'ai dû enregistrer la chose et, pendant mon sommeil, les nuages noirs se sont accumulés et l'orage a éclaté au réveil : qu'est-ce qu'il foutait là-bas, alors que j'étais mal ici ? Malheureuse à étouffer, en colère à éclater, j'ai rentré le tout sous des lunettes noires jusqu'à Paris. Et j'ai laissé craquer tout mon noir défaitisme au téléphone. Je me mentais, nous n'étions pas un couple, c'était foutu, etc. J'étais vraiment très mal et très impitoyable. Je ne supporterai plus d'avaler sans rien dire ce qui me faisait mal ou me décevait, d'entacher notre si belle histoire par des rancœurs muettes (j'ai fait ça – ô combien) et je préférais le quitter plutôt que de laisser poindre la moindre compromission sentimentale.

Je fus moi-même effrayée de constater avec quelle soudaineté tout s'était mis bout à bout, enclenché, jusqu'à cette épaisseur qui bouchait et compromettait tout avenir ! Une horreur ! Il a fait ce qu'il fallait. Très secoué, il est arrivé quelques heures plus tard.

Retrouvailles un peu tendues. Moi, effrayée encore par cette pensée que tant de noir – avec perspective on ne peut plus mortelle pour l'avenir du couple – ne pourrait pas s'effacer, qu'il en resterait toujours quelque chose, et que c'était bien dommage.

Et puis une journée a passé. Nous avons bien parlé, fait le tour du truc, disséqué, consolé et, comme par miracle, un ciel clair est revenu au-dessus de nos têtes… Limpide ! Miraculeux ! Tout simple ! J'ai douté quelques heures – non, ce n'était pas possible, un peu de gris devait rester dans les coins. (J'ai toujours détesté ce côté femelle de comptabilité des griefs qui fait que, bien qu'apparemment tout conflit soit résolu, une sorte « d'ardoise » négative se remplisse malgré tout, jusqu'au débit inacceptable.) J'avais la triste expérience de cela : la trace négative indélébile malgré la réconciliation.

Eh bien, non. Rien. C'est vraiment émerveillant.

Reste que je suis très surprise d'avoir pu si naturellement être une femelle hululant, revendicatrice, sans pudeur.

Je ne me serais pas permis ça « avant »… C'était un grand tort, sans doute. Mais encore faut-il avoir en face le partenaire capable de prendre tout ça dans le buffet, d'encaisser une heure et de rappeler en disant sobrement « j'arrive ».

Et la dernière est arrivée. Enfin ! Elle a été si longue à arriver ! J'avais l'impression que cette fin de tournée était comme ces courses au ralenti qu'on a dans les rêves.

Puis voilà. On y a été. On l'a fait. Un acte, puis deux, puis trois… Ouf !

Aucune fausse sentimentalité n'a occulté pour moi le fait que j'étais vraiment soulagée de terminer.

Mais je suis épuisée. Nous partons cinq jours dans la Creuse.

Allez ! Il faut aller se mettre un peu sur l'herbe et regarder le ciel.

Je t'écris au retour !

Je vous embrasse,

                                                          Anny

Chère Anny,

Le délicat pour la prolongation du couple, c'est la définition des aires de liberté. Le terrible avec les gars, c'est qu'ils ont besoin de « se sentir libres » quelque part et d'une certaine façon. Je me rends compte, en ce qui me concerne, que je ne laisse pas de liberté journalière à Guillaume mais qu'il connaît mon point de vue : je pense vraiment que pas un être humain n'appartient corps et âme à un autre, et pas plus dans la relation amoureuse homme-femme, hormis dans les moments de passion, mais la passion est momentanée alors que la vie ensemble s'établit dans la durée. D'où, problème !

Quant aux traces (je viens de relire ta lettre), laissées par les Saintes Colères... Ce que je peux te dire, c'est que les traces sont effacées, tant que l'homme tient vraiment à « sa femme », sauf dans un cas : quand elle a touché l'orgueil masculin au plus profond. Par exemple les « tu m'as laissée seule, etc., et alors que tu aurais pu, toi, venir et me faire la surprise quand je boulonne », ça, c'est une revendication peut-être emmerdante à entendre, mais légitime. Mais le « tu ne me rends pas heureuse et tu es nul » laisse des traces, parce qu'il peut raisonner à partir de lui-même. Par exemple : « Qu'est-ce que je fais avec elle si je ne la rends pas heureuse en l'aimant comme je peux ? » Et aucun homme ne peut s'entendre dire qu'en tant qu'homme il est « nul ». C'est vrai qu'il y a des mots qui cassent, mais il y a des mots, si durs qu'ils soient, qui ne cassent rien du tout, qui marquent les limites à ne pas dépasser, les mâles français ayant tendance à oublier que les femmes actuelles, qui travaillent, qui sont « entières », sont toujours des femmes. Alors un autre danger guette le couple : pour ne pas « avoir d'histoires », le gars ment, souvent par omission. Les femmes habiles font le tri dans ce qu'on peut laisser passer, ou pas. En ce qui me concerne, je ne crois pas avoir assez changé pour laisser rien passer. (Je suis du signe du scorpion, tu sais !)

J'entendais l'autre jour une rédactrice de *Nous deux* dire qu'avant, il y a cent ans, une fin heureuse à une histoire d'amour était obligatoirement le mariage, et que maintenant un divorce réussi est considéré par les lectrices comme une fin heureuse d'une histoire d'amour. J'ajoute tout de même que tout ce que je te dis sur « les hommes » et « les femmes » est certainement subjectif, bien qu'il y ait du véridique là-dedans !

... Je réfléchissais à ce que je t'écris, et voilà : je crois que l'avenir d'un couple (sa survie, ou sa fin) tient énormément souvent à la femme. Soit qu'elle ne veuille pas voir ce qui cloche (une condition possible de survie), soit qu'elle ne veuille pas modifier son attitude et se crispe. Bref, rien n'est simple dans ce domaine. Évi-

demment, quand on a un travail-passion, on a tendance à simplifier, ça a du bon, et du moins bon !
Bon ! Je crois que j'ai tendance à devenir normande !
Je t'embrasse,

Nina

PS : Après un autre petit temps de réflexion.
Il me semble de plus en plus que l'amour de couple entre un homme et une femme tient à quelque chose de plus que le désir physique : l'amour-de-couple est (je pense) une mise en commun de deux forces, souvent différentes l'une de l'autre, quelque chose comme un équipage (est-ce pour ça que je peins des barques avec des gens dedans ?).
Évidemment, il doit y avoir un esprit d'équipage et une coordination des gestes physiques pour que la barque aille au port que les deux matelots ont choisi d'atteindre ensemble.
Sans coordination du physique (les gestes) et du mental (la boussole et le compas), ça tangue et ça peut chavirer. Une petite mutinerie ou un coup de gueule une fois calmés, la barque repart.
Un coup de rame sur la tête de l'autre, ça peut arranger aussi, si pas assommé totalement. Mais détruire le gouvernail d'un coup de rage compromet la navigation, sauf rafistolage difficile !
Ça, c'est une métaphore, dis-moi !

3 septembre 1997

Chère Nina,

Et voilà. Lettre d'après la « grande traversée de l'été ». Ce fut vraiment un été plein, varié, beau, pas toujours vraiment reposant, mais nous le terminons avec le bon sentiment d'avoir fait tout ce qu'on s'était promis de faire, de prendre… manquait un peu le temps de savourer, et puis le temps calme à deux, mais on ne pouvait pas, en plus, avoir ça cet été-là !

Thierry et moi prenant chacun à sa manière et avec des sentiments différents, bien sûr, la maison à bras-le-corps, mais sur un rythme également frénétique !

À la nuit, épuisés, on se disait que c'était peut-être trop… mais le besoin était plus fort – on repartait de plus belle ! Il y avait quand même des trêves promenades, et notamment d'énormes cueillettes de champignons !

J'ai acheté quelques kilos de peinture et je me suis lancée dans le rafraîchissement de la maison. Ma faim de couleur s'est d'abord assouvie sur les vieux meubles en osier et les bancs hors d'âge. J'ai concocté avec mes pigments un turquoise « bord de lagon », un bleu outre-mer pur, et ces vieilleries qui étaient limite pour la décharge ont pris un fameux coup de jeunesse ! Essayé sur une petite table et un banc aussi, un jaune orangé feu sur lequel j'ai passé et essuyé un jus cramoisi.

Pour la maison… j'ai été doucement.

Un plancher de grenier vert mousse, oui, c'était chouette, un plafond de salle de bains en vert Véronèse, OK, mais ensuite… ! Quelques essais de badigeons à la chaux colorée absolument catastrophiques m'ont stoppée net. Donc, pour tous ces murs à l'ancienne qui laissent apparaître, comme en Bretagne, les grosses pierres en granit des tours de porte, j'ai fabriqué un blanc pas blanc qui raccordait avec la teinte d'origine.

Tout ça m'a pris trois semaines dans les seaux, les rouleaux. Mais ça valait le coup. La maison a vraiment fait peau neuve.

Pendant ce temps-là, Thierry nettoyait un peu le jardin de quelques touffes, arbres, qui nous bouchaient le soleil ou la vue. Peau neuve, là aussi. Deux arbustes que je trouvais gênants se sont mis à crever spontanément en quelques jours pour une raison mystérieuse…

Puis il s'est lancé dans la construction d'un somptueux poulailler (car pour lui une maison à la campagne sans poules ne se conçoit pas) avec charpente, tuiles, porte en chêne, deux fenêtres – elles ont (les poules) même du lambris au plafond et j'ai fait pour l'occasion ma première chape de ciment (dur à remuer le ciment, il en fallait quatre brouettes, j'ai mis deux jours et deux bains aux huiles essentielles pour m'en remettre !)

Et puis les enfants sont arrivés, et nous avons tous en chœur été acheter nos poules. Un filou du coin nous a vus venir et nous en a refilé trois malades. Le lendemain, les joyeusetés animalières commençaient : j'étais chez le pharmacien pour tenter de soigner les poules…

Au bout d'une semaine de traitement et l'état des poules étant tristement très stationnaire, j'ai rappelé à Thierry que, quand j'avais dit que les animaux nous amèneraient plus de tracas que de joie, il m'avait répondu : « Nous devons être impitoyables : pas d'animaux malades ou malsains à la maison ! » Sur ce, il s'est dirigé illico vers le poulailler du pas de l'homme qui prend ses responsabilités et, dans la minute qui suivait, une poule assommée avait achevé sa triste vie. Une autre, moins atteinte, est morte toute seule deux jours après, et la troisième qui était en forme s'est mise à pondre immédiatement ! Nous avons de nouveau tous en chœur été acheter quatre nouvelles poules saines et belles, car cinq poules nous semblaient un bon chiffre.

Et nous avons eu nos cinq œufs par jour, alors que tout le monde nous disait : « Ah bon ? Les poules ne pondent pas en ce moment… » Pas un peu fiers, on répondait : « Chez nous, elles pondent ! » Elles étaient peut-être sensibles au lambris au plafond… Le soir je les rentrais au poulailler en disant « les titites ! les titites » et elles me suivaient à la queue leu leu, les deux chats fermant la marche et vérifiant jusqu'au grillage que les volatiles étaient bien rentrés ! C'était à mourir de rire. Tous les jours, les chats étaient là pour rentrer les poules.

Et ont démarré des vacances comme finalement je les souhaite pour moi et les enfants depuis des années sans jamais vraiment y parvenir.

Nous n'avons RIEN fait, pas un pique-nique à vélo, pas une sortie (si ! une brocante le 17 août !) et chacun a trouvé à s'occuper, à inventer ses activités, si bien que les journées passaient à toute vitesse sans que rien ne soit organisé, ni forcé. J'ai entendu « ah ! ça passe trop vite » quand arrivait le soir. Pas une crise entre les enfants – en somme un long temps complètement libre et complètement plein de ce que chacun y mettait, à sa manière. Des années que je rêve de ça ! On l'a eu. On l'a fait.

Moi, tous les matins et souvent le soir j'allais aux légumes. Mon charmant voisin Robert, qui a vécu avec sa mère toute sa vie et l'a perdue cet hiver, cultive un champ qui appartient à la maison. Il m'a proposé de m'y faire plein de légumes en même temps que les siens. Nous avons tout bouffé, du premier au dernier : petit pois, tous les haricots, les betteraves et la production entière de six pieds de courgettes – et ça donne, la courgette ! Je crois que l'année prochaine il va prévoir plus large…

Vers le 15 août, nous avions décidé de fêter officiellement mes cinquante ans (t'as vu, j'ai écrit cinq ans !).

Nous fûmes deux jours plus de trente (… !) à dormir à la maison, et j'avoue ne pas aimer du tout voir des gens chez moi errer vers 10 heures du soir en se demandant où dormir. J'aime pas. C'est pas comme ça qu'on doit recevoir pour que les gens soient à l'aise.

Néanmoins, bon, ce fut très sympa. J'aimais bien les journées, avec tous ces enfants qui jouaient partout dans le jardin, les adultes qu'on voyait tranquillement un moment sur la terrasse, ou l'autre avec qui on allait « aux légumes »… J'aimais un peu moins les soirées, où ressortait un goût du clan de Thierry pour « la fiesta » – où on doit absolument se jeter tout habillés dans la piscine, faire des conneries gentilles, bruyantes… et terriblement conventionnelles ! Tu imagines que ces jours ne se sont pas passés sans longues discussions sur cette manière de concevoir « la fête » qui m'est totalement étrangère. Et qui le restera, je le crains.

C'est curieux pour une orpheline élevée seule dans un esprit d'individualisme farouche, de sentir ce terrain de connivence vague – mais puissant ! – qui s'organise soudain, se réveille, hors de toutes les différences de caractères. Un relent d'adolescence, langage commun qui gomme les dissensions, qui se déclenche quand on prononce le mot « fête ».

Ceci dit, les soirées étaient très gentilles et n'ont laissé de traces que quelques paillettes dans la piscine.

Mais il est vrai que je suis sur ce sujet d'un sectarisme qui peut être violent. Exagéré sans doute. Et je me suis demandé si une certaine jalousie, moi qui ai tant déploré qu'on ne m'ait pas permis d'avoir cette sorte de connivence avec ma seule sœur, n'était pas à la base d'un tel rejet…

Pas sûr. Question de style, aussi.

Et l'été s'achève.

Je t'embrasse,

Anny

Ce dimanche 7 septembre 97

Chère Anny !

Toute noire avec des taches de feu, voici notre nouvelle petite chienne arrivée hier dans la maison, elle est prénommée Naïk. Naïk est le résultat d'une de ces périodes (terribles) où on ne veut plus supporter on ne sait pas quoi, après trois mois intéressants avec des visites d'amis, de clients. Moi, parfaite dès que « j'avais du monde », je devenais à proprement parler hargneuse quand on se retrouvait (heureusement rarement) tous les deux. Bon, mais voilà : j'entre dans un mois de peinture et je n'avais plus qu'à devenir ou Sainte ou Sorcière.
Pour la vie privée, ouh là là, il me semble que je t'ai envoyé en dernière date des tonnes de conseils vis-à-vis « des hommes ». Oh, ben alors, les erreurs relationnelles je me les suis toutes offertes ! Au fond une raison : j'ai vu venir LA VIEILLESSE dans quelques symptômes : envie de se replier, d'avoir le moins de choses possible à faire, de devenir un monument à visiter.

Alors voilà que cette lettre est du « et moi et moi ». Mais c'est le troisième jour où j'envisage de « m'y remettre ». Avoir un chien, ça va peut-être me faire envisager les choses avec plus de simplicité et non plus comme des atteintes à mon génie mis dans l'urgence de faire ses dernières preuves, si tu vois ce que je veux dire. C'est-à-dire une crispation devant le temps qui fuit. La petite chienne qui dormait sur l'herbe me considère avec attention : c'est fou, le partage du petit animal à son arrivée « autre part » entre la terreur (« c'est où, ici ? ») et la curiosité (« c'est bien, ici ? »).

J'ai lu il n'y a pas longtemps, et Dieu sait où, que Trotski (pourquoi lui ?) disait que la chose la plus imprévue du monde est la vieillesse. Alors imagine-toi que ces quinze derniers jours je me suis dressée comme un rempart vivant contre la vieillesse qui se mettait à nous cerner de partout ! C'est que je vois des tas de gens réfugiés dans le dénombrement de leurs perclusions (j'ai l'estomac la tête en bas, les intestins je t'en dis rien, etc.). D'autant que mes *Mythologies* ne sont pas simples à mener, que j'ai une grande toile qui pour le moment s'appelle *L'Énigme* (!) de 3 m 95 de long pour une expo à Auxerre début novembre. Et que *L'Énigme* reste en plan. Par contre je t'envoie la photocopie d'une esquisse pour ton portrait. Les gens te reconnaissent, ceux qui te connaissent en images et ceux qui te connaissent personnellement. C'est intéressant parce qu'au fond le visage n'est pas décrit… C'est l'allure !

La vie semble se remettre en route, je crois bien que le silence intérieur m'épouvante. On me racontait qu'une petite fille a dit quelque chose comme « ma tête parle

tout le temps à l'intérieur », ça doit être comme ça dans la mienne, aussi loin que mes souvenirs vont.
Je t'embrasse, et je serai heureuse de te lire.

Nina

Le 10 septembre 97

Chère Nina,

Retour à Paris, et je trouve ta lettre ! Une lettre très agi-
tée, très nerveuse. Mon Dieu, quel entraînement as-tu
aussi pour ne donner aux autres que ce que tu choisis de
leur montrer, et seulement cela, en gardant toute
angoisse, toute incertitude pour toi. Tu ne m'étonnes
pas vraiment quand tu parles d'avoir été « hargneuse »
dès que tu te retrouvais toi en tête à tête, donc sans sup-
port pour assumer l'image de toi idéale que tu t'obliges
à donner.
Je fonce un peu au pif dans mon raisonnement, en sui-
vant deux-trois indications très révélatrices que tu me
donnes. (Mais c'est qu'on a quand même une belle
habitude de « l'image », nous autres comédiens…) Et
ce boulot, tu dois le payer en fatigue et en exaspération.
C'est normal.
D'après ce que je comprends de votre été, tu as « tenu
boutique » avec toute la tenue de ton image que cela
suppose (ce n'est pas péjoratif ce que je dis, on ne
peut pas livrer tout à tout le monde, si « authentique »

soit-on !) mais sais-tu que c'est épuisant, ça ? ! Beaucoup plus épuisant que de « faire actrice » puisque toi c'est en ton nom propre, et chez toi de surcroît. Bon Dieu, quelle subtile gymnastique, mais gymnastique tout de même – un sacré grand écart entre la « sainte » et la « sorcière ». Pauvre Guillaume, la décompression devait être terrible.

Mais c'est à ce prix, peut-être, que tu restes jeune et vivante ?

Voilà que vous avez pris un chien. C'est bien. Tu vois, j'écrivais que la campagne pour Thierry ne se concevait pas sans poules, toi c'est sans chien.

Je comprends fort bien qu'un animal « simplifie ». Je ressens tout à fait la même chose avec mes chats. Échanges simples, affection sans défense ni question et… absence de conversation !

Je m'en vais te conter, pour finir, une jolie et triste histoire animalière qui a occupé toute notre fin d'été – ou plutôt celle de Thierry.

Tout au début de notre véritable installation en Creuse, il me parle d'un vieux rêve qu'il a de sauver des animaux… la racine de cela semble être ce père chasseur invétéré ramenant à la maison, quand Thierry était enfant, les petits d'une mère tuée parfois sans voir qu'elle avait une progéniture. Et m'a-t-il dit : « Toutes ces petites bêtes crevaient invariablement entre ses mains… » Bon. Il avait donc l'envie de réparer, d'être autrement – celui « qui fait vivre ».

Et voilà que, en coupant un arbre pour nous faire un peu de clarté sur la butte, deux bébés écureuils tombent avec leur nid – deux pauvres petites choses de deux-trois jours à peine, presque des fœtus sans poils, yeux clos.

211

Tous les efforts sont faits pour les sauver. Moi, à la pharmacie, demandant du lait maternisé pour écureuil. Dur à trouver ! Le pharmacien mort de rire parce que je lui avais acheté quelques jours auparavant un antibiotique pour nourrisson afin de soigner mon chat !

Et Thierry de partir à fond dans l'aventure maternelle, effondré de perdre un des petits trois jours après, et consacrant tous ses efforts (je dirai avec une véritable foi !) à sauver la deuxième petite bête. Cinq biberons par jour. Une chaussette repliée à laquelle j'avais cousu un cordon pour qu'il puisse garder la petite bête au chaud contre lui. Nid construit en bois avec porte, bouillotte, aération et tout le confort pour le reste du temps… Tu aurais vu cette petite bête lui téter la lèvre, puis mettre ses deux petites mains (ça a des mains !) autour du biberon, puis prendre des poils, une jolie queue qui s'épaississait… c'était vraiment passionnant et adorable.

Tout se passe bien. Et voilà Thierry absorbé par cette maternité et l'attention quasi constante à porter à l'animal. Il en était au point de voir venu le moment de choisir de ne pas sérieusement travailler à son nouveau montage sous peine d'être trop distrait de son devoir de mère écureuil – « C'est terrible, la maternité, on ne peut rien faire en même temps… » me dit-il sérieusement.

Et puis voilà, le temps d'accompagner sa fille à l'aéroport pour qu'elle reparte chez sa mère, la petite bête est morte, et il l'a trouvée recroquevillée au fond de son nid… Tu imagines le chagrin, la déception. Moi, j'étais si triste aussi que je m'en suis réveillée plusieurs fois dans la nuit. J'en ai même voulu un moment à Thierry d'avoir été inattentif un instant. Lui, d'un seul coup, se trouvait démuni de ses deux enfants : l'humain et le petit animal. Il a essayé de donner un sens à ça : ce devait être le signe qu'il fallait lâcher les vieux rêves d'enfance... se mettre à travailler alors qu'il sentait que cette petite bête allait l'en empêcher un temps...

Moi, je lui ai dit, entendant ce qu'il faisait de ce triste événement, qu'il y avait là un très beau sujet de livre, très riche, sur les rêves de vie sauvage, d'accroche à l'enfance et un renoncement autour de cet événement-charnière, un re-départ vers les hommes, le social, sorte de Mowgli moderne et adulte...

Mais Thierry n'écrit pas. Et ce n'est pas MON sujet. Rien ne me plaît autant que ces « petits » événements qui recèlent et révèlent TOUT un être.

Anny

Mardi 16 septembre 97

Chère Anny,

Je ne crois pas, ayant réfléchi ce matin après t'avoir lue, que le problème soit vraiment pour moi d'être aimée, ou admirée, pour… mon calme, ma gentillesse, ma… bref, tout ce qu'on veut.

Il me semble que ce n'est pas du tout une « image » de moi que je veux donner. C'est plutôt que je suis comme un gant : l'extérieur, pour les rencontres, ce qui est « dehors ». Et quand il me faut peindre, le gant se retourne, je suis à l'envers. Pour dire autrement, comme l'écrevisse qui a quitté sa carapace et l'a laissée sur le bord de la rivière. C'est-à-dire sans défense vis-à-vis du monde extérieur, et en train de muer. Au fond, chaque tableau est une mue, avec tout ce que ça comporte. Et si c'est moins, le tableau n'est pas bon.

Tu as raison sur un point : dans mon métier les moments ne sont pas circonscrits. Bien sûr, j'ai essayé de mettre des balises. Mais il n'y a pas de voyant rouge allumé « on tourne » sur mon front !

Là où tu vois juste, c'est le problème de la rage contre la vieillesse, l'impatience, la soumission aux douleurs causées par « les autres », et le fait que tout ça ne s'apaise que dans des moments de solitude.

L'histoire du petit écureuil me touche. Là où je rejoins Thierry, c'est dans la COMPASSION qui vous assaille à la campagne. Je ne t'ai pas raconté le malheur de mes hirondelles dans ma dernière lettre. J'avais remarqué que le vieux nid avait été réoccupé par un couple (l'année dernière ils en avaient bâti un neuf, laissé inoccupé cette année). Le nid semblait se décoller de la poutre dans le cellier, d'un côté. Ils ont une première couvée, bien. Puis une deuxième, et je rentre un matin dans le cellier, nid au sol, trois petits morts et deux agonisants. Je ne peux pas décrire vraiment cette palpitation, j'ai mis les deux qui vivaient encore dans les mains de Guillaume et me suis enfuie, on n'en a plus parlé. J'en ai voulu aux parents hirondelles de ne pas avoir consolidé leur nid. Je m'étais bien demandé si je n'aurais pas dû le mastiquer un peu ce nid. Mais est-ce une chose à faire, que d'apprendre aux hirondelles à faire leur nid quand on n'est pas une hirondelle ?

Ce sont ces histoires qui finissent mal, qui disent le désir de franchir la frontière, à reculons, de l'adulte à l'enfance ou encore la frontière qui est entre l'humain et l'animal.

J'ai donc un bouquin de psychologie canine pour Naïk. Une « bas-rouge » beauceronne a un tempérament qu'il faut assez vite repérer. C'est une chienne absolue, qui se met déjà entre moi et la porte quand quelqu'un vient, en grognant. Pour le moment, c'est drôle (un molosse miniature avec de jolies oreilles) mais il faut qu'elle sache nous garder avec discernement !

Il y a là une gaieté vivante et des moments de sommeil, de détente qui se succèdent et qui me plaisent beaucoup.

Par contre les poules, je ne connais pas bien !

C'est la fin de la journée. C'est doux.

L'atelier a des carreaux clairs. Naïk se bat avec un vieux morceau de pull et cabriole !

Je t'embrasse,

Nina

7 h 30 – 14 octobre 97

Chère Nina,

Nous avons ce week-end vécu une chose bien douloureuse.

Nous nous sommes résolus à faire piquer Missoui,
notre merveilleuse chatte noire qui était en passe d'ago-
niser affreusement avec plus de 4,5 ou 6 grammes
d'urée dans le sang. Au bout de la deuxième crise de
convulsions, nous avons décidé tous ensemble de la
faire mourir là (Sara a tenu à ce qu'elle meure sur ses
genoux). Puis nous sommes allés l'enterrer dans la
Creuse. Thierry, moi, et Sara qui a tenu à garder Missoui contre elle la moitié du trajet – l'autre moitié c'est
moi qui l'ai prise, car c'était vraiment trop douloureux
de sentir son petit corps sans vie, mais encore très doux,
enveloppé dans un joli paréo bleu. Mon fils n'a pas
voulu venir, après avoir pleuré très fort deux heures
d'affilée, parce qu'il craignait de souffrir encore plus et
que « ça ne servait à rien ».

Sara, elle, était absolument déterminée à aller jusqu'au
bout de « tout ». Avec moi. Je me suis rendu compte

que c'est la première fois que je peux affronter un deuil sans fuir. Nous y sommes allées de pair, sans rien éviter.

C'était tout à fait extraordinaire pour moi de voir mes enfants prendre chacun une part de moi-même vis-à-vis de la mort et du chagrin – Gaël « collant » en partie à mes anciennes réactions, absent, et Sara « en avance », vivant ce que je n'avais jamais fait, ne sachant pas que pour moi aussi c'était la première fois… Elle me montrait ce que j'aurais pu vivre petite fille si je n'avais pas choisi « l'option fuite ».

Thierry nous a envoyées prendre un bon bain dès l'arrivée pendant qu'il fabriquait un petit cercueil en chêne et noyer. Puis on a coupé toutes les dernières roses du jardin pour les poser sur elle. C'était vraiment joli, toutes ces roses sur ce paréo bleu dont on l'avait enveloppée. Et puis, de nuit – car on sentait bien qu'il fallait que ce soit achevé le soir même pour éviter toute tentation de veillée ou de dormir avec le petit corps –, nous l'avons enterrée au fond du jardin, dans un très joli endroit, très calme, où les branches retombant tout autour font comme une sorte de chambre de verdure. Nos amis de là-bas sont venus nous aider. Il y a eu un moment tout à fait fantasmagorique : il y avait quasi-tempête cette nuit de samedi, on entendait les grands arbres autour, agités, craquants, bruissants, et là, dans cet endroit, pas un pouce de vent… un calme très doux, extraordinaire.

Le lendemain on a continué à faire la chose belle : Thierry a posé une belle pierre en socle et une autre en hauteur, sorte de menhir (qu'il sculptera peut-être), pendant que Sara et moi déterrions toutes les souches d'hostas du jardin pour les planter tout autour.

Quand tout a été fait, on s'est dit ensemble que c'était vraiment une petite tombe superbe.

Puis on a ramassé des pommes, des châtaignes, les coings du pré. Sara m'a dit : « Je retourne là-bas »…

Quand on est revenus, avec Thierry, j'ai eu une image que je n'oublierai jamais : Sara assise devant la pierre, avec toutes ces branches tombantes autour d'elle, immobile. Elle est restée là au moins une heure. Je l'ai laissée. Peut-être trop longtemps, je ne sais pas… Thierry m'a dit, après, que ça avait été trop long, que j'étais tellement éberluée de la voir vivre et faire ce que je n'avais jamais fait (jamais je ne me suis assise devant aucune tombe, à prendre le temps de penser, de pleurer sans défense) que j'avais un peu complaisamment laissé les choses aller, la regardant comme une sorte de petit « double » au lieu de reprendre mon rôle de mère et la tirer de là.

Il a eu raison de me mettre en garde contre cette osmose entre elle et moi qui faisait qu'il y avait danger pour elle d'aller trop loin dans cette plongée – comme si à cette occasion elle prenait en charge mon histoire en plus de son chagrin.

Le retour à Paris a été long – c'est long trois heures dans ces cas-là !

Sara a sangloté encore en arrivant dans l'appartement sans chatte désormais, et un peu plus tard nous avons vomi en chœur, malades toutes les deux exactement au même moment. Thierry s'est encore inquiété du trop grand parallélisme de nos réactions. Le lendemain matin, je ne l'ai pas envoyée à l'école, nous sommes allées au hammam toutes les deux, nous avons retiré une couche de peau, et en sortant, « peau neuve » étant faite, nous avons décidé (je lui ai suggéré, et elle a adhéré de tout cœur) de repartir d'un pied ferme. Il était une heure de l'après-midi le lundi. Missoui est morte exactement à une heure de l'après-midi le samedi – deux jours… Deux jours pour accomplir à fond et jusqu'au bout tout le cycle. Ce n'est pas si long.

Et je me dis que cette chatte, que je regrette comme une véritable amie, aura décidément été extraordinaire jusqu'au bout… sa dernière heure aurait pu devenir évidente alors que j'étais en plein tournage en province. Non. Elle a fait ça quand nous étions tous ensemble, et avant de chuter dans son semi-coma de la dernière crise, elle a eu le temps de nous faire à tous un câlin magnifique – elle ne savait plus où donner du coup de tête caressant et du ronron fou – un véritable « au revoir »…

Discuté aussi avec Thierry de cette subtile différence – très subjective ! – entre chagrin et douleur. Pour moi Sara vivait à fond sa douleur, le chagrin viendrait après. Il est, pour moi, du domaine du plus raisonnable au sens propre, on peut l'exprimer en mots, le contrôler. La douleur, c'est le manque brut, le sentiment, qui est toujours une horrible découverte, du « plus jamais », alors que tu avais un petit être chaud dans les mains ou sur ton oreiller. Ça n'a pas de mots, ça…

Et je pense que les animaux, avec leur présence simple, sans défense, et terriblement intime, nous plongent directement dans une douleur simple, physique. L'essentiel est vite dit : « Il était là, je l'aimais, je l'aime toujours, il n'est plus là. »

Alors il reste à laisser passer la douleur. C'est tout.

Notre deuxième chat est en dépression… Il ne mange presque plus, renifle pendant de longues minutes aux endroits où Missoui a fait ses crises de convulsions (et pas ailleurs) – elle a dû dégager là une odeur très particulière où Titi la cherche, il se précipite tout à coup à l'autre bout de la maison quand il entend un bruit et revient, déçu, la tête à la hauteur des genoux… Il va falloir lui offrir d'ici peu un autre petit compagnon.

Je renâcle à l'idée de chercher un animal – les deux plus merveilleux que j'ai eus ont été des « chats de hasard » – qui te choisissent, ou que tu rencontres – le côté raisonné de la recherche, voire du choix (et si tu choisissais le plus con ?), me rebute.

J'aurais très peur, en somme, de tomber sur un chat « ordinaire » qui n'ait pas de rapports exceptionnels avec les humains. Thierry me dit que je devrais essayer de larguer un peu ce romantisme et me faire vite à l'idée qu'on peut chercher et trouver un chat formidable – de toute manière, le hasard, là-dedans, mettra encore sa patte !

J'aime décidément beaucoup faire l'actrice, depuis quelque temps, ça me va bien. J'ai plus de liberté, plus de légèreté qu'avant.

On me propose un joli film pour le cinéma – ouf ! le premier vrai rôle depuis seize ans pour le grand écran !

Pourvu que ça se fasse !

Je vous embrasse très fort,

Anny

Le 15 janvier 98

Chère Anny,

Alors, bonne année 98, que les bonheurs s'amplifient,
et succès, succès, succès, pour tous tes films !
Bon ! On a dit !
Pour lors, on a été tous les deux devant nos tranches de
saumon et quelques gourmandises à Noël. Et pour le
jour de l'An, la famille, tous en tenue de soirée.
Nous, en pulls (les beaux).
Je me suis attelée « au portrait d'une Dame » (commande) – pas facile : une femme très belle, très beau
port de tête, beaux volumes du visage, yeux splendides.
J'y travaille, avec des moments alternés de désespoir et
de réussite : les femmes qui apparaissent sur la toile me
semblent « bien » parfois, mais… ce n'est pas elle ! (La
présence intérieure est difficile à attraper, quand la personne est complexe.)
Titillée par tout le ramdam autour de Papon, j'ai repris
et travaillé le texte sur mon enfance. Je ne veux pas
raconter mon « enfance cachée » (certains ont vu bien
pire) mais parler des traces. Il s'agit d'un deuil à faire

222

avec deux grands-pères et mon père perdus en 42-43. Cela pris dans l'histoire (avec un grand H) comme par une lame de fond. Cette affaire entre justice des hommes et paroles d'historiens me fait un effet bizarre.

Ma mère était non juive pour les Juifs pratiquants, juive pour les nazis. Dès qu'il y a génocide, il y a injustice : je me demande aussi si la Shoah est vraiment différente (dans son principe) des autres génocides, arméniens, gitans, kurdes, bosniaques, hutus-tutsis, etc., etc.

Les fils de déportés d'Auschwitz disent que c'est différent. Mais pourquoi ? Monseigneur Lustiger répond que c'est à cause de la négation du Sinaï (tu ne tueras point) par les nazis. Mais pour ceux qui ne pensent pas que c'est à cause de Moïse qu'on doit respecter la vie ?

Bon, je m'emballe et, si je continue, je t'envoie de la littérature !

J'attends des nouvelles fraîches.

On t'embrasse,

Nina

Samedi 23 février

Chère Nina,

Passage à Paris pour faire retirer quelques fils autour des oreilles… Je relis ma lettre en me demandant si une des raisons adjacentes de cette opération esthétique n'était pas de me permettre aussi de foutre le camp à la campagne !

Fallait-il vraiment aller sur une table d'opération pour s'offrir ce vrai temps utile de repos et de reprise de soi ?

Avant que nous partions, ma tante a regardé ma tronche avec circonspection, longtemps (j'ai tout de même l'air d'avoir rencontré un boxeur et l'étrangleur de Boston en même temps !), et le verdict est tombé : « Ça va être bien. » Ouf. Ma sœur idem.

D'après ce que je peux subodorer de tout ça dégonflé, disons… sept ans de moins ? C'est tout de même appréciable !

J'ai reçu de Bernard une longue lettre très désemparée, me répétant qu'il a honte de m'écrire comme ça (? !)

mais que, décidément, il ne comprend pas ce qui se passe avec la Creuse[1].

Moi, entre-temps, j'ai tellement décortiqué la situation que je suis on ne peut plus calme et plutôt lucide. Je crois que je vais lui expliquer vraiment comment et pourquoi les choses en sont arrivées là. Lui proposer quelques sujets de réflexion aussi – car tout ceci est fort intéressant et riche d'enseignements. En est-il à ce point de pouvoir vraiment réfléchir à son attitude, j'en doute un peu… Mais, tout de même, cette lettre qui semble buter sur quelque chose qu'il n'arrive pas à percer semble être une réaction d'homme ahuri d'être mis en cause – qu'on ait pu mettre en cause son attitude à propos de cette maison.

Je vais le faire maintenant que je suis tout à fait calme. Personne ne met jamais les attitudes de Bernard en cause : ses désirs et sa conviction font loi absolue et personne, jamais, ne les conteste – ou si doucement ! Avec de tels gants ! C'est au bazooka qu'il faut y aller avec une forteresse pareille !

Non, vois-tu. Le grand enseignement de cette histoire – et je ne sais s'il me servira en d'autres occasions, mais je m'en souviendrai toujours : il ne faut JAMAIS, pour quelque raison que ce soit, spéculer ou opérer le moindre chantage à propos de quelque chose de sentimentalement très cher – surtout très cher aux deux parties.

Loi absolue à respecter. Moi, je l'avais compris d'instinct en ce qui concerne les enfants ; lui, il n'a pas compris que c'était pareil pour cette maison si chère. Erreur grossière.

---

1. Un problème est apparu entre Bernard et Anny, à propos des conditions de vente de leur maison en Creuse.

La deuxième réflexion que je lui proposerai, c'est que le coup de force sur moi lui a servi d'écran, a monopolisé son énergie et son obstination de telle manière que ça a occulté le deuil moral qu'il devait faire. Lorsque j'ai retiré l'écran, il a eu ce cri : « Puisque c'est ça, je ne retournerai jamais là-bas ! »

Si je sens une vraie ouverture possible, je lui dirai qu'il est inutile, puisqu'il se sent blessé, de se punir en plus lui-même en se privant d'aller de nouveau dans cet endroit qu'il aime et dont il est père, si moi j'en étais mère. Il y a du chemin à faire… ça prend du temps, tout ça. C'est profond. Et c'est important. Alors, y a pas à se presser. Essayons d'amorcer le temps de la réflexion.

Je poste.

Je vous embrasse très fort tous deux,

Anny

28 février 98

Chère Anny,

J'espère ne pas faire de bêtise en répondant « à chaud »
à ta lettre, reçue ce matin. Mais si j'attends, je m'en
vais édulcorer et comme ce que tu écris n'est pas ano-
din, même si c'est compliqué, pourquoi ne pas te donner mes réactions « tout à trac », comme on dit.
Je me demande si le fait d'avoir momentanément la tête
comme un ballon de football n'a pas secoué les idées à
l'intérieur : il semble que si, à moins que ça n'ait mijoté
depuis un petit moment.
Je me lance :
Je sais une chose des hommes, pas plus, mais celle-là,
je la sais : le caractère d'un homme ne change pas.
Alors, si tu n'es pas (plus) faite pour « faire femme de
marin » que veux-tu au marin ?
Je t'embrasse.

Nina

Paris, le 6 mars 1998

Chère Nina,

Ton petit mot à chaud fut un bon coup de semonce. Tu avais raison, l'opération et les doses massives d'anesthésiques m'ont plutôt tourneboulée. J'ai dû faire une sorte de dissertation hasardeuse sur une réflexion qui m'était venue – et ce n'est pas le genre de chose à faire dans cet état à 5 heures du matin. La preuve. Tu as eu beau prendre les précautions d'usage, ta lettre était une réaction assez violente pour qu'elle me fasse très peur et me flanque par terre quelques jours. Ne t'inquiète pas – ça a fait révélateur de mon état plutôt fragile-fragile. J'ai vu, réellement effrayée, que je m'étais fait comprendre de travers, que mes élucubrations-hypothèses avaient pour conséquence ce « smash » et que ce n'était pas l'heure de jouer avec n'importe quelle idée sous peine de grand danger. D'ailleurs, ce n'est pas l'heure de jouer du tout. C'est l'heure de se soigner, de faire le point sur ce que j'ai choisi de faire et qui est pour le moment si marqué dans ma chair que j'en reste tremblante. Un jour, si j'écris sur ce pas sauté dans la tentation d'arrêter un peu les marques du temps, de reculer la vieillesse, je me servirai de cette séance qui m'a si fort traumatisée : 75 agrafes qui font un horrible petit crac tout près de ton cerveau, ça n'en finit pas. Ta peur de vieillir poinçonnée jusqu'à l'os. Et puis, ils m'ont mal prévenue. Trois semaines après, j'ai encore les yeux tout gonflés, le cou complètement raide et les joues si cartonnées que je serais incapable de rire aux éclats. Je ne sais pas si j'aurai récupéré ma liberté d'expression dans trois semaines pour rejouer la comédie. M'arriverait alors ce que je crains le plus : cet empesage que je vois sur certaines actrices liftées, comme une petite mort posée sur un visage plus lisse mais moins vivant… En somme, j'ai la trouille, Nina. Quand j'ai demandé (avant le dépoinçonnage) au chirurgien si cette raideur du cou allait durer longtemps, il m'a dit : « Ah ! ça ? C'est le plus long. Trois mois au moins… » J'ai dû me décomposer sous mes 75 agrafes ! Ils ne savent pas, ces gens-là, ce qu'est notre métier. Et si j'avais à me battre, dans ce film ? Ça arrive ! J'ai compris maintenant : pour la clientèle habituelle, les quatre-cinq semaines maximum annoncées, c'est pour dîner en ville. Pas pour faire l'andouille librement. Maintenant, j'ai compris. Et tu imagines que j'ai bien du mal à être calme… Et puis cette opération fait catalyseur. Le début d'année fut lourd. J'ai l'impression que d'ouvrir la bouche ou bouger le petit doigt peut provoquer des ondes de choc très violentes – ça déclenche des incompréhensions, des condamnations. Je vais me taire, faire silence. C'est urgent, je pense.

Et puis ne plus parler de Bernard à personne, jamais. Je ne lui « veux » rien à ce marin ! Qu'il aille ou n'aille pas où il veut, nous ne nous entendons pas, c'est tout.

Mais j'aime comprendre... là, il faut que je renonce. Totalement.

Il y a des conséquences à digérer. Elles sont dures. J'ai perdu tous mes anciens amis. Maintenant, je le sais. Je dirais même, malheureusement, que j'en ai les preuves. Ils m'ont tourné le dos, m'annonçant qu'ils ne me parleraient plus jamais. Des gens que je connais depuis trente ans, te rends-tu compte ? Mais de ça, ne parlons pas, ou pas maintenant.

Me taire, me taire... laisser s'apaiser si ça peut.

Ne t'inquiète pas. Y a des périodes périlleuses, comme ça. J'ai pris des tas de risques sur tous les plans, on va mettre la pédale douce.

Je vous embrasse,

Anny

Lundi, mars 98

Chère Nina,

Et me voilà sur ce nouveau tournage – rien à signaler du
côté de l'invention et de l'enthousiasme… ça nous don-
nera une gentillette comédie qui ne décoiffera personne !
J'ai quelque peu planqué ma tête sous une perruque
moutonneuse – ça va. Les « suites » sont presque finies
d'ailleurs, mais tout de même, je me sens plus en sécurité déguisée en mouton !
Du côté du moral, ça va mieux. Je commence à me
récupérer. Mais ça a été dur. Ça n'est que depuis quelques
jours que je n'ai plus l'impression d'être au-dessus
d'un trou en équilibre, ou à la merci d'une tornade,
avec une curieuse impression de ne pas arriver à
reprendre pied dans Ma vie, dans moi…
Difficile de faire la part de l'opération et du choc de
l'abandon des amis, mais il est sûr que l'anesthésie, cette
plongée et ce réveil, a concrétisé tout à coup et d'une
manière très traumatisante un passage. En fait, physiquement, j'ai voulu opérer une sorte de saut en arrière en
gommant quelques années de mon visage et, dans le

même temps, avec ce risque que j'ai pris vis-à-vis de Bernard en voulant discuter, j'ai fait un saut en avant pour remettre en cause un ordre ancien – m'étonne pas que je me retrouve avec le sentiment d'être écartelée !

Peut-être est-ce pour ça aussi que je n'ai que des projets « doux », sans réel enjeu et sans grand risque – vraiment, oui, ça ferait trop ! Si mes anges continuent de veiller sur moi, ils ont dû se dire qu'il fallait mettre une pédale douce sur les dangers et m'envoyer des projets confortables qui me permettent de me remettre, avec la paix de ce côté-là !

Ai-je vraiment assez de force pour un projet « décoiffant » ? Non, bien sûr. Et je ne suis certes pas au bout de ma réflexion en ce qui concerne ces vieux amis qui m'ont tourné le dos aussi péremptoirement. C'est incroyable, quand j'y pense… la manière surtout. Ça me semble impensable d'être « exécutée » ainsi sans appel par des gens qui me connaissent depuis plus de vingt ans. Et d'une manière aussi concertée, sans vouloir rien entendre. À moi, maintenant, de me poser la question : pourquoi ai-je investi aussi exclusivement sur cette fausse « famille » au point de n'avoir quasiment pas d'autres amis ? Je parle de cette sorte d'amis qui ont une présence si régulière que tu ne te poses quasi plus la question de savoir si tu as quelque chose à leur dire ou pas. Ils sont là.

J'ai vraiment du mal à me faire à cette idée : je n'aurai pas réussi à me faire écouter. Or, si je comprends, d'une certaine manière, que Bernard ne veuille pas (ou ne puisse pas) m'écouter, enfermé dans son rôle, je ne comprends pas que des gens extérieurs ne puissent simplement m'entendre. Ce parti pris – « quoi que tu puisses dire, on ne veut pas comprendre » (texto) – me blesse vraiment. Finalement, c'est de ça que j'ai le plus de mal à me remettre.

Mais peut-être ne devrais-je plus t'écrire en ce moment où je ne peux penser à rien d'autre qu'à clarifier cette période de « passage »… Je t'encombre, je te fatigue peut-être – voire je te gêne – et tout ça probablement inutilement. Ces « amis familiers » dont je parle, tu les connais peu ou pas, tu n'as pas d'éléments pour me suggérer si je pense juste ou faux, si j'avance dans mes réflexions ou si je stagne…

En fait, je me sens vraiment dans une grande solitude. Il s'agit probablement d'un véritable deuil à faire… d'où ce sentiment que personne ne peut m'aider, car c'est un travail à faire seule, et intérieur. Tant que l'on tempête et que l'on cherche des explications, on ne peut pas le faire – et moi qui ai cultivé une grande résistance devant l'évidence de la chose finie, je suis longue à admettre qu'elle le soit.

Mais là, il s'agit d'êtres vivants, c'est moins simple. Et j'essaie de comprendre comment chacun d'eux, avec son esprit particulier, a pu prendre un tel parti, a pu choisir aussi péremptoirement de devenir sourd, de me tourner le dos.

Non… il faut que je laisse de côté les personnalités pour ne penser qu'à leur point commun : la relation qu'ils avaient avec moi et surtout, en premier, la relation vis-à-vis du couple Bernard-moi. En fait, ces amis sans véritable vie amoureuse, pour raisons diverses, avaient terriblement investi dans notre couple. Et nous nous étions abondamment servi d'eux pour combler un vide.

Je suis en train de me demander si, les uns et les autres, nous ne tentions pas de faire survivre une relation qui n'avait plus de raison d'exister, le « couple-image » catalyseur n'étant plus.

Et s'ils avaient sauté sur l'occasion de clarifier enfin une situation fausse ? Comme j'ai rompu un non-dit, est apparue tout à coup l'évidence que leur relation avec moi n'a plus lieu d'être ? En fait, tout ça, cet « ordre ancien » où ils avaient une place si importante, et qui se nourrissait tacitement de silence et de semblant (ils sont seuls, je n'étais pas heureuse, mais tout le monde sourit pour la photo et s'appelle tous les matins), est mort déjà depuis plus de quatre ans…

Tu te rends compte ? Fallait-il que ce mot d'ordre de silence et de semblant de paix soit puissant pour que des gens pourtant doués d'une intelligence normale n'aient plus aucune liberté d'esprit (ne serait-ce que pour écouter) et condamnent aussi aveuglément celle qui a jeté une pierre dans la mare ?

En somme, me saute à la figure une évidence que j'ai refusé de voir : je ne supporte pas que les choses meurent. Je veux faire survivre. Je veux continuer les relations à tout prix, et conjuguer le passé, le présent, faire que les liens durent… et ça me joue des tours pendables – comme celui-là, qui est raide.

Décidément, je n'ai pas fait grand progrès avec ces histoires de deuil !

Et à passer tant d'énergie à maintenir des liens à tout prix, tu oublies d'en créer d'autres, et c'est ainsi que tu peux te retrouver aussi solitaire que je le suis en ce moment, à admettre qu'aucun ami À MOI ne passe la porte de la maison, ni n'appelle.

C'est rigoureusement vrai, Nina.

Et je suis bien fautive sur ce plan.

Quel nettoyage, bon sang, quelle prise de conscience ! Comme j'ai été lâche aussi, pendant toutes ces années, d'être aussi « en retard » vis-à-vis de ces amis-familiers-pseudo-famille. Ils ont failli me quitter après la séparation avec Bernard, et c'est moi qui ai raccroché, réinvité, arrangé, réconforté tout le monde avec cette séparation exemplaire, les non-problèmes avec les enfants, etc. Et je n'ai pas voulu me rendre compte que tout le monde traînait la patte, en fait.

Il y a deuil à faire, oui. Et à me remettre en question, moi. Car je me suis bien enfermée là-dedans.

Autant me le dire franchement, non ?

Ma pauvre Nina, voilà encore une lettre bien égocentrique et empreinte d'un désarroi assez misérable, tu dois bien le sentir entre les lignes... C'est une grave période personnelle pour moi. Grave, profonde et importante.

Si la chance veut bien continuer à me porter par ailleurs et si je continue à être claire et honnête au fond de moi-même, je devrais en sortir plus forte. Je ne doute pas, non. J'en ferai quelque chose de positif, de ce passage.

Mais pour le moment je renoue avec les larmes le matin au réveil, trois, quatre fois en bouffées dans la journée, et le plexus au plafond et ces heures démunies, démunies qui scient les bras.

Je connais le topo, hein ! Ha ! Ça ! Je reconnais !
LE DEUIL !

Y a pas grand-chose à faire, bon sang, pour accélérer la chose.

Ma chère Nina, je t'embrasse. Et je suis bien contente de cette amitié-échange avec toi qui n'a, Grand Dieu, rien à voir avec aucun « investissement-compensatoire » d'aucune sorte, je crois ! Ça me fait léger au cœur.

J'aimerais bien que tu m'écrives. Ça me fera une petite fenêtre.

J'ai vraiment des tas de choses à apprendre...

Je vous embrasse,

Anny

16 mars 98

Chère Anny,

D'abord, avant tout : jamais ça ne m'ennuie de recevoir dans tes lettres ce que tu sens et ce que tu penses. N'aie pas ces scrupules à mon égard, et sens-toi libre ! Je suis touchée que tu les aies (les scrupules) mais maintenant on les met de côté.
Ta lettre me semble profondément vraie et profondément ressentie. J'ai lu un attristement véridique, et il y a de quoi.
Il te faut donc faire un constat : les vraies grandes amitiés prennent l'ami comme il est et comme il va. Mais les amitiés-béquilles, si je puis dire, fixent une image une fois pour toutes de toi. Et une canne, ça se manie. On s'appuie dessus, on s'en sert comme d'un objet possédé. Et voilà où j'arrêterai la comparaison ! Hephzibah Menuhin m'a dit un jour un mot qui m'a servi : « Les vrais amis, ça se compte sur les doigts d'une main, et il faut refaire le compte tous les ans ! »
Je reviens de marcher avec Naïk qui court, saute et virevolte. J'ai à la main une petite pochette pleine de mor-

ceaux de fromage, et quand elle file je crie « fromage ! fromage ! » en agitant la pochette et elle revient comme un boomerang. Or, je réfléchissais à toi, et je me suis aperçue que je lui donnais en marchant tout le fromage ! (Elle était étonnée et ravie !) Cette réflexion m'a conduite à penser que le problème pour l'entourage (amis) quand on change de vie est là : ça n'est pas TOI, personne entière, qui existe pour eux mais LE couple. Tu changes d'homme, et patatras, tu es devenue l'étrangère, l'inconnue, celle qui est partie de cette entité seule reconnue, ton couple.

Et que changer fasse changer d'amis, vu sous cet angle, n'est pas étonnant.

En plus, ils savaient (bien sûr) ce que tu ne disais pas : tu n'étais pas vraiment heureuse, pas vraiment joyeuse. Et, pour eux, c'était le signe rassurant qu'on ne peut pas tout avoir, le succès, l'argent et, en prime, le bonheur de vivre avec un mec qui vous comprend et vous apporte une tendresse tellement nécessaire à qui en a vu de dures.

Cela dit : j'ai l'impression qu'on t'a assommée de jugements et de coups à l'affection et ça me rend furieuse ! Je ne connais pas de plus tendre et donnante que toi ! Je pense que seuls les êtres qui ont subi de brusques grandes pertes savent le prix des bonheurs de l'instant présent. Et les « zôtres » font payer le prix de cette science !

J'ai compris qu'il ne s'agit pas pour toi d'une sorte de vexation de perdre des amitiés mais bien d'une véritable tristesse. C'est ça qui est perdu par beaucoup de vieillissants : les vraies tristesses des enfants, et ta lettre m'a fait penser que tu es une petite fille « malheureuse pour de bon », comme je pensais quand j'étais une petite fille. Mais c'est une crise de croissance, ce que j'appelle faire chrysalide, donc. Et il m'apparaît que tu rassembles un fameux matériau pour un prochain livre, la maison aimée et la lutte pour. Et cette histoire d'amis, ce jeu de choses dites et jamais dites et l'arrachement des habitudes du cœur.

Et puis, si je peux « te servir à quelque chose », tu peux absolument compter sur mon amitié pour pouvoir m'écrire tout ce qui te passe par la tête. À mon avis, vaut mieux que ça sorte, à condition que ça ne t'enfonce pas dans l'amertume bien sûr. Surtout, rappelle-toi que, avec ton tempérament, il te faut avancer, t'aventurer. Et qu'en même temps les pertes précoces absolues, les transplantations, font que tu as, à l'évidence, besoin d'un coin de terre solide avec arbres à planter et prévisions sur un siècle pour la maison !

Ça, c'est ton côté complètement sain et positif qui a fait de toi ce que tu es, qui n'est pas rien !

Voilà, j'ai dit !

Bon, la page d'après ne sera pas remplie, je veux dire de mots, mais sur le blanc qui reste (pour une fois) pense qu'il y a toute notre affection pour toi.

Je t'embrasse,

Nina

PS : On se demande pourquoi il y a des personnes (toi-nous) à qui sont demandés tous les efforts et tous les dons – sans qu'il y ait forcément retour. Mais ne tombons pas dans l'amertume : toi, surtout, ne te sens pas atteinte si tu peux.

Dimanche 26 (27) avril 98

Ma chère Nina,

Tu exposes à Senlis ? J'adore quand tu m'envoies des photos. J'y vois de très belles choses. Elles font directement appel à des images-impressions souvenirs (donc à une réalité), cela me parle davantage. Tu me sais assez rétive aux mythes… (Non ! ne m'appelle pas l'anti-mythes ! Quoique…) De même qu'aux symboles. Je n'y comprends rien. Manque de culture ? Disposition naturelle ? C'est vrai que je viens de me rendre compte à l'instant que je ne cherche aucune signification dans un tableau. Et que, à la limite, elle me gêne. Mais il est vrai que toi, intellectuelle autant qu'instinctive (c'est ce que je crois de toi), tu as besoin de donner une signification à un tableau. Peut-être est-ce totalement nécessaire pour peindre… et peut-être est-ce pour ça, tout bêtement, que je ne peins pas !
Eh bien, vois-tu, je craque pour un de tes tableaux – le plus épuré de mythe bien sûr ! J'adore les deux personnages noirs sur fond turquoise avec leurs deux nuages blancs. Est-ce grand ?

Malheureusement, je viens de faire mes comptes, qui sont une catastrophe – mais qui sait, ça peut changer ! (Pour le moment tous les projets sur lesquels je comptais sont tombés à l'eau.)

Tu peux peut-être me le garder ?

Je suis dans un grand état d'épuisement. Ce film que je viens de finir m'a lessivée. C'est que le sujet en était si mince qu'on peut le dire inexistant sans être injuste. Le seul moteur était mon personnage et son caractère gaffeur et exubérant. C'est dire l'énergie que j'ai dépensée pour battre la mayonnaise et remplir les vides « d'humeur Chantilly ». Sur ce, j'espère ne pas être ridicule et mauvaise…

J'ai pris de gros risques. J'en ai fait des tonnes. Par instinct, pour masquer le vide d'abord, et puis et ensuite parce que je me suis dit que ce n'était pas une bonne manière de se sauver que de rester tièdement moyen dans un truc au-dessous de la moyenne – valait mieux taper carrément au-dessus et passer la dernière vitesse quitte… à être mauvais, mais au moins quelque chose ! Je suis inquiète…

Hier m'a vu dans un grand état de nerfs. Je ne supportais rien. Pas un cri de trop des enfants, pas une tension. À la limite de la mauvaise humeur, moi à qui ça n'arrive jamais – une sorte de coupe intérieure pleine à ras bord.

Il est vrai qu'il y a cette histoire d'amis qui me taraude encore beaucoup. Je n'y pense presque plus, et voilà qu'un matin, le plexus « collé au plafond », gonflée à ne pouvoir plus respirer, j'ai de gros sanglots qui me surprennent au réveil et j'ai l'impression que ça n'en finira pas tant j'ai de chagrin contenu à vider… Je connais. J'ai eu ça pendant tout le travail sur *Le Voile noir*.

Je vais peut-être sortir de la sidération (qui inclut une impossibilité de mouvement, ce qui est très difficile pour avancer !) pour entrer dans une phase de colère. Tu as eu une phrase qui m'a été jusqu'au fond du cœur : « Il y a des personnes à qui sont demandés tous les efforts et tous les dons – sans qu'il y ait forcément retour. »

Ha ! Oui, alors !

Pourquoi ai-je si longtemps trouvé ça normal ? Je crois que j'avais le sentiment de payer le fait d'avoir de la chance. Je me sens obscurément « en dette » que tout aille si bien pour moi. Il suffit de me culpabiliser un tant soit peu pour qu'aussitôt je mette un bâillon sur mes revendications, et je me tais. Et je donne. Et j'arrange. Et j'accepte. Tout ça parce que j'ai cette petite honte d'avoir « plus ».

Les autres doivent le sentir, bien sûr, et s'en servir abondamment. Et trouver ça tout à fait normal (puisqu'à leur décharge je le crois moi-même). Et lorsque j'ouvre la bouche… c'est la catastrophe. Tout le monde fout le camp ou me saute dessus comme si j'étais un monstre.

Dis-moi, est-ce que la révolte ne commencerait pas par une légère paranoïa ? Nécessaire, je veux dire – qui aiderait à la prise de conscience ? Qu'en pensez-vous, docteur ? À propos de médical, depuis cette trahison de mes amis, ma tension est à 17-18,10, et ça ne veut pas descendre.

Pour en finir avec le sujet (en finir, mon Dieu… !) je pense vraiment que toi, moi, sommes coupables de la même manière en faisant croire aux autres que nous avons naturellement toutes les compréhensions et une bonne volonté en béton pour arranger les choses. N'est-ce pas par pudeur – ou par orgueil – que nous cachons nos faiblesses et nos ras-le-bol ? Et puis quand on se rebiffe, c'est le scandale.

Je perds ma « fausse famille ». Même si elle était de compensation pour moi, elle était. Et ça fait un drôle de vide…

Ça rappelle toutes les absences, ce lâchage aussi brutal qu'un accident, aussi traumatisant, quand tu es en toute confiance, certaine d'avoir une famille à toi.

Je pense tout à coup que Bernard garde bien sûr sa vraie famille – celle de sang qui coule de source – et puis ma fausse famille en plus – qu'est-ce qu'il est riche, dis donc !

Troisième petit matin gris et pluvieux dans cette grande chambre en Creuse où j'ai séjourné tant d'heures pour écrire *Le Voile noir*. Il règne un silence extraordinaire, je regarde les grands arbres au loin. Et voilà que l'idée d'écrire m'a prise vraiment, je crois. Écrire un petit livre sur ma chatte Missoui, ce qu'elle fut dans ma vie, ce que les animaux confiants donnent, jusqu'à son enterrement si exemplaire, avec Sara qui voulait tout vivre « jusqu'au bout » et moi qui la laissais faire, qui acceptais la mort pour la première fois…

Il y a quelque chose à dire sur l'amour avec un animal, non ? Il me semble qu'on a peu dit, peu écrit là-dessus – je veux dire directement – on a honte, sans doute. On pense que c'est peu de chose par rapport à un amour humain. Peut-être…

Tu vois, ceci est sans doute une conséquence de l'histoire des amis, et une manière à moi de réagir. L'histoire qui m'est arrivée là ferait un bon roman, mais pour le moment je ne peux y penser que comme à un livre d'amertume et de constat pessimiste sur les humains. Je ne veux pas écrire ça.

J'écrirai plutôt, en contrepoint, un livre d'amour et de tendresse. Et de reconnaissance envers tout ce que cette bête m'a apporté. C'était une bête trouvée… les meilleures, peut-être, celles que la vie te donne.

J'avais un titre en tête depuis longtemps. Moi, si peu douée pour les titres, j'ai de rares évidences, comme ça. (Qui sont peut-être, j'y pense soudain, les seuls livres que je peux écrire, qui ont une chance d'exister ?)

« Les chats de hasard ». Qu'en penses-tu ?

À très bientôt,

Anny

Ce mardi 5 mai 98

Chère Anny,

C'est sûr que toi aussi tu as travaillé comme une brute depuis plusieurs mois. Et faut-il que tu sois saine de corps et d'esprit. Tu fais un passage remarquable à travers les âges. Bon Dieu, ce que tu fais jeune ! Ça, tu peux le dire.

J'ai en ce moment le sentiment que le moindre truc en plus me tombe dessus comme une montagne (à vrai dire, je n'ai pas soufflé depuis… la Casamance et toi non plus !).

Chaque chose à faire est comme une haie dans une course d'obstacles, à franchir sans accrocher ! Et nous, on n'a plus les emplois du temps hachés en morceaux par les temps scolaires. Faut se dire que ceux qui n'ont pas eu ça sont secs. De temps en temps je me dis (rarement) – mais quelle liberté j'aurais eue si je n'avais pas eu de fils ! Probablement que je serais devenue une « artisse » avec affûtiaux en métal autour du cou et des poignets, frange rousse et khôl plein les cils ! Mais j'ai toujours su, au fond, que donner la vie est superbe. Je n'ai pas eu le courage d'en faire plus d'un (enfant), et je considère, d'une certaine manière, que j'ai attenté à la vie des deux ou trois autres (même sans avortement !) en ne les ayant pas.

Bon, ce n'est pas du tout ça que je voulais t'écrire, mais la plume va !

Heureuse que tu aimes mes *Casamançaises*[1]. Donc je te les garde, et t'en fais pas pour le prix, on trouvera une solution !

Trimer sur le portrait de « la Dame » m'a donné une « main » bonne au travail, en retour de ma peine. (C'est pas impunément qu'on s'acharne pendant plus de cent-deux cents heures sur un nez, un menton et des yeux qui vous sont étrangers. T'ai-je dit que j'ai même eu une singulière impression d'assimilation au personnage ?)

Reçu ce matin un chèque et un mot charmant de mon modèle « pressée de voir l'original », elle a oublié que c'est elle, l'original ! C'est très gentil et agréable. J'ai encore retouché le menton ce matin.

Le livre sur Missoui est une idée épatante.

L'amour réciproque et pourtant différent par la nature même des partenaires qu'on porte à son compagnon (sa compagne) animal est vraiment quelque chose à exprimer.

Comme un fil invisible qui nous conduit à l'amour pour quatorze ans au moins.

Nous, on a trouvé Naïk ! Dans notre cas, ça m'a posé problème étant donné notre âge : avions-nous le droit de prendre cet engagement, peut-être pas tenable jusqu'au bout ? En plus, Naïk est force vive, vigou-reuse, je te dis pas ! Mais cette chienne ultra vive peut

1. Un tableau fait d'après les croquis pris en Casamance.

rester dans son couffin des heures durant pendant que je peins !

Cela dit, je comptais jardiner un peu. J'ai mis les impatiens, qui rôtissaient au soleil, à l'ombre. J'ai planté des tabacs ; et un très joli « boule de neige » dont la forme sort de l'ordinaire et qui ne fait pas du tout arbre-de-parking. Mais je sens que j'ai des retouches à faire par-ci, par-là. Faut que je m'y mette. Le jardin commence à faire jardin de curé.

Les iris « donnent » avec des mauves délicats et les rosiers sont en grande forme pour le moment. Les rosiers Pierre de Ronsard ont fini de s'installer. Pour le reste, c'est rustique, mais on fera mieux l'année prochaine.

Nina

PS : Ta chance, c'est toi qui te l'es faite !
PPS : Avoir eu deux enfants ça rend une femme faite pour ça belle à vie !

Dimanche 24 (25 ?) mai 98

Chère Nina,

Quatre jours de Creuse, seule devant le jardin et la page blanche.
Commencera ? Commencera pas ?
J'ai descendu les cahiers, j'ai écrit le titre, puis je suis restée un quart d'heure hébétée… À la suite de quoi je suis remontée chercher un bloc en me disant que t'écrire un peu « amorcerait peut-être la pompe à mots ».
Amorcera ? Amorcera pas ?
J'avais aussi terriblement besoin de me retrouver seule un moment. Je veux dire sans enfants. Thierry ne m'aurait pas gênée – quoique, tout de même… la présence de l'autre te force à un minimum de tenue. Impossible, par exemple, d'aller se coucher à neuf heures et demie comme j'en ai eu follement envie ces jours derniers…
J'ai l'impression que je commence à décrocher de cette colère sourde qui m'habite – la colère d'après-sidération. Peut-être parce que ma tante, en quelques mots lapidaires,

m'avait apporté aussi une sorte de confirmation de ce que nous nous sommes dit dans nos dernières lettres à propos du lâchage des amis.

Ma tante n'est au courant de rien. Et la voilà qui s'étonne que nous n'ayons pas de nouvelle de F. ni de J., mes ex-amis.

Dialogue dans la cuisine, moi, mine de rien :

MOI : Moi non plus, pas de nouvelles… Mais j'ai remarqué que si je n'appelle pas, ils n'appellent pas, alors je laisse faire. J'ai l'impression qu'ils prennent des distances…

TATA (tac au tac) : Oh ! Bah ça, c'est normal !

MOI (moins fine, car n'ayant pu maîtriser un petit coup au cœur) : Et comment ça, normal ?

TATA : Ha ! Oui, alors. Y a pas à dire, ce n'est plus comme *avant*.

MOI (silence – arrêt mental, écrasement).

Et j'entendis cette énormité :

TATA : … Il n'y a vraiment *que toi qui sois bien maintenant* !

Fabuleux, non ?

Ce raccourci-confirmation que mon nouveau couple était la cause de tout m'a encore écrasée un peu plus.

Je lui ai tourné le dos à cette tante qui était donc « mieux » quand j'étais seule et malheureuse, et j'ai ruminé amèrement qu'elle aussi n'était venue que deux jours en vacances l'année dernière, de plus en plus rarement à la maison (genre bises aux enfants sans retirer son manteau) depuis que ce n'était plus comme « avant »…

J'attendais un truc comme ça pour me confirmer le sens de toute cette catastrophe. Maintenant, il serait temps de prendre acte, de lâcher la révolte et de digérer. Tout simplement. Pour le moment, tout ça me laisse fatiguée et démunie. Et triste.

C'est pourquoi j'avais grand besoin de silence. J'ai beau me dire que je sortirai peut-être plus libre de tout ça, j'ai surtout un sentiment d'écroulement, de vide, de déception. Un pan de vie qui s'écroule, un appui qui se dérobe…

Pour l'instant, je ne vois pas la fin de ce sentiment d'abandon. Il faudra bien l'été, je crois…

Creuse, lundi

Premier soir de mon vrai jour de solitude. Je bois toujours cette paix autour de moi, je n'en perds pas une bouchée. J'ai commencé à écrire ! Et ma foi j'ai pondu cinq petites pages aujourd'hui, genre introduction-digression sur l'amour des animaux.

Je ne force rien, je vais au hasard, une petite idée après l'autre, et quand je bute (à peu près à chaque page), je descends dans le jardin pour arroser, ou pister quelque fleur nouvelle (pas grand-chose, ce vent du nord a stoppé net le développement des plantes. Ça stagne).

Les chats ne m'ont pas quittée de la journée.

Maintenant dodo, pour me remettre devant la feuille de bonne heure. Si je ne me pose aucune question, cela risque d'être très agréable à écrire et très salvateur. À voir si ça se confirme…

Jeudi

Bon sang, me voilà partie dans un livre… Qui l'eût dit ?! Je n'en reviens pas !

Anny

Chère Anny,

C'est agréable de sentir que tu as commencé d'écrire.
Tous les tableaux sont partis pour l'exposition de
Meaux. Je t'écris de l'atelier vide.
Ne reste plus en face de moi que ce satané portrait qui
me regarde dubitativement.
Ça me crève le cœur de quitter le jardin. J'ai bien taillé
les rosiers (cette année, je commence à sentir le rosier
– et les dahlias commencent à sortir, j'ai compris pourquoi *L'Ami des jardins* conseille les tuteurs dès le
départ).
Les iris sont encore beaux. Mais la voisine qui viendra
arroser ne sait pas enlever les fleurs fanées. Quant à la
maison aux oiseaux où je mets des graines deux fois par
jour (ils connaissent et se sont passé le filon), elle est
péremptoire : « Faut les laisser se débrouiller tout
seuls. » Ah là là, ça m'ennuie de m'en aller.
Finalement, la Casamance, après un an d'incubation,
donne des toiles qui touchent. C'est toujours intéressant

250

de voir les choses « de près de loin », comme disait Cennini qui a écrit en Italie un traité sur la peinture dans un siècle passé.

Oh là là, Anny, ce que ce sera bien quand on se posera quelque part chez nous dans le jardin, maison tranquille !

Je suis rudement à bout, au bout, de quelque chose : le foie rouspète (ça ne m'arrive jamais), et j'ai emballé les tableaux avec les mains glacées, et un blocage du cholédoque. Je déteste l'eau de Vichy, j'ai besoin de chocolat. Voilà où nous en sommes ce soir, mon estomac et moi.

Bref, la bonne nouvelle est ton écriture.

Mais partir et laisser les roses !

Bon, je t'embrasse bien fort,

Nina

Dis donc, la page est blanche de l'autre côté ! Ça doit être que la suite se prépare.

Creuse, le… 8 ? juin… 98
Enfin, un mardi !

Chère Nina,

Petite lettre matinale dans une grisaille frisquette tout à fait propice à me tenir enfermée sans trop d'effort dans la « chambre d'écriture ».

Ha ! que j'étais contente de venir à ton exposition de Meaux.

Je t'ai trouvée effectivement un peu fatiguée. Au bord d'une lassitude qui me semblerait de bon aloi si elle te ramenait dans ton jardin à profiter des choses sans rien forcer et à emmagasiner des images souples, lumineuses et légères, de la vie apparemment sans *histoires*. Même celle avec un grand H, qu'elle soit mythologique, juive ou autre.

Bon Dieu, que le sculpteur ferait de jolies choses, et peut-être même de belles choses, s'il n'était pas « empégué », alourdi par son histoire, celle de son peuple et ses complications ! Nous avons eu la même réaction sur cette jolie femme enceinte qui n'a nul besoin de ses bâtons entourés de guenilles qui sont censés, je suppose,

252

donner toute la signification à la chose. Pourquoi ne se rend-il pas compte que faire de cette maternité éternelle une Juive errante ou je ne sais quel personnage rétrécit son œuvre ?

Que je suis contente que tu me réserves ces deux tableaux que j'aime vraiment énormément !

Tous deux sont aériens. Dans le bleu, la présence du ciel y est énorme, magnifiquement soulageante. Des nuages, une écharpe-nuage…

Question écriture, je suis au bord de la dixième page en deux jours – avec des phases régulières de découragement que je fais taire en me répétant : « Souviens-toi : tu écris un *petit livre facile et doux*. Laisse aller ! »

Et voilà qu'hier matin, au réveil, j'ai eu, par l'entremise des chats, un magnifique cadeau : j'ai revu pour la première fois toute la maison de mon enfance. Le jardin. Et même les rues du quartier ! Merveilleux ! Comme au cinéma.

Tu vois que la mémoire est étrange ! Comme dans les ordinateurs, tout est stocké mais il faut trouver le bon canal. Du côté des humains, rien à faire. Blocage. Et voilà que j'ai accès à une partie de mes souvenirs en « cliquant » *chats* !

Ça m'a fait quelque chose. Raconterai-je ça, ou pas ? Je ne sais pas. On verra.

Le jardin est déjà une splendeur. J'attends aujourd'hui l'éclosion de trois roses nouvelles que je n'ai jamais vues. Thierry fait ses essais cet après-midi pour un film. Il est nerveux en diable. Je le regardais partir en ville et j'ai pensé, je l'avoue : « Bon Dieu, qu'il est jeune… »

Je t'embrasse,

Anny

Ce mercredi 10 juin 98

Chère Anny,

On pense à toi, auprès de tes clématites et plongée dans ton écriture. Il me semble que le temps (température) est parfait : un peu changeant, pas trop lourd, avec ici un petit vent parfois. Souvent, chacune de nous voudrait quelques jours de plus, tranquille. C'est mon cas !

Ça a été bon de t'avoir à Meaux. Ça colmate les injures à la vérité des discours abscons des politiques quand ils se mêlent de présenter l'art. Ah, cette manière de tourner la réalité à son profit ! J'ai retrouvé à Senlis[1] une jeune femme outrée par la tournure de ces discours.

Mais tu connais ces témoins qui précèdent « le spectacle », et qui, d'une certaine façon, fatiguent inutilement. Faut pas bouder les résultats, tout de même : j'ai eu de bons échos.

Nos dernières conversations m'ont fait du bien. Ici nous avons été souvent tendus vers un absolu de création

---

1. À cette époque, la Fondation Cziffra présentait des œuvres de Nina Vidrovitch à la Chapelle royale de Senlis.

(quelque chose comme ça), purs et durs ! Livrer au public les fruits, si je puis dire, de nos recherches, etc., avec plus de décontraction, ça me semble agréable comme idée. Cela dit, j'ai dans les muscles une telle fatigue qu'il faudra pas mal de belles promenades, d'inspections de rosiers, d'arrachage de mauvaises herbes pour me remettre en état normal. Vivement juillet. De toute façon, je dois « me refaire » avant de réattaquer : tu m'as dit à Meaux d'aller vers les joies de vivre et de ne pas enchaîner les personnages longilignes. De toute façon, j'ai l'impression d'avoir, si je continue, Giacometti en amont, et en aval une terrible vision de la télé hier soir où une femme montée sur échasses traversait Paris dans le défilé foot. J'aime pas être rattrapée par l'esprit-pub !

Donc, je suis sûre que ça n'est pas en m'y remettant tout de suite que je saurai quoi faire. Comme dit le proverbe (breton) : « Il faut étendre ses filets pour en défaire les nœuds. »

Hier soir, encore assez tendue (j'ai perdu le sommeil qui d'ordinaire me tombe dessus à toute vitesse) j'ai pris *Je vous écris*. Ton écriture est vraiment simple, limpide. Tu exprimes à l'exact de ce que tu sens. Tu dis très clairement que tu ne supportes pas la perte quand ce n'est pas toi qui déclenches… Je persiste à penser que la perte de ses parents est un terrible accident, que vivre veut dire passer à travers, subir toutes sortes de catastrophes, d'avatars au sens fort du terme. Mais que le sel de l'existence, c'est le bonheur (de l'instant, des odeurs, des chats, du chien dans le champ de seigle, de l'amour, de la tendresse), et que le principe fondamental, c'est l'appétit du bonheur.

Ce qui te caractérise, toi, fondamentalement, c'est la santé et le besoin de sauter dans la lumière ! Tiens,

tiens, est-ce que je ne serais pas en train de me préparer quelques jardins dansants à peindre ? On en a marre du lugubre !
Je t'embrasse,

Nina

Samedi 20 juin 98

Chère Nina,

Je n'en peux plus de Paris ! Je m'aligne trois-quatre déjeuners de travail pour le futur, trois pièces à lire d'urgence. Je me sens une mauvaise humeur grandissante, un ras-le-bol fondamental qui pourrait m'amener au bord de l'intolérance. J'ai très envie de continuer à « faire » mon livre. C'est la première fois, peut-être, que j'ai une envie joyeuse, consciente, péremptoire, de faire un livre.

Au passage, ça a marché vraiment pour la tension : depuis que j'ai commencé à écrire, j'ai contrôlé quatre ou cinq fois, je suis revenue là où j'étais toujours : 12-7 ou 12-8. Ça y est, j'ai décroché de la colère. Mais si j'arrête d'écrire, le sentiment d'injustice revient, et ça remonte !

La pluie ne m'a pas gênée à la campagne, au contraire. Je suis revenue avec 50 pages, sans avoir seulement amorcé ce que j'avais envie de raconter au départ.

Ho ! Ça m'intéresse beaucoup d'écrire les choses sous « l'angle » des animaux.

257

Vraiment, cette trahison des amis m'a bien aidée à trouver ce sujet en pensant « qu'est-ce qu'une amitié de vingt-cinq ou trente ans qui peut se terminer aussi méchamment et bêtement ? » et repensant à tout ce que m'a apporté d'inestimable ma chatte Missoui, pendant que j'écrivais *Le Voile noir*.

Ça m'a amenée à écrire :

« Combien de chiens, de chats exceptionnels dans sa vie ? Un, deux, trois, pas plus. Et combien d'amours, d'amis dignes de ce nom ? Un ou deux, trois au plus. Alors en quoi ceux-ci seraient-ils moins précieux que ceux-là ? »

Rien de fort, dans les pièces que j'ai lues, les « sauvages », les « derniers de la classe géniaux » se font on ne peut plus rares dans notre métier. En ce qui concerne la dramatique pénurie d'auteurs en France (dixit directeurs de théâtre) on s'est crus tirés d'affaire voilà quelques années en découvrant tout à coup des gens qui savaient aligner trois belles phrases et un dialogue brillant – ouf ! Sauvés !

Les universitaires nous étaient tombés sur le dos avec toute leur dialectique et leur habileté, mais une maniaquerie intellectuelle qui ne remplace pas les tripes. Et voilà que, dix ans plus tard, une sorte de vide se fait sentir… Pas de cœur. Des phrases, des phrases, une construction très approximative, un bon acteur et un bon emballage là-dessus et ça fait illusion. Mais, dans le fond, il n'y a pas de pièce.

Rien de fondamental à dire, quoi, et comme nécessité brûlante, faire carrière.

Méchante, suis-je ?

Résultat, nous sommes re-noyés sous les adaptations de pièces américaines. Et côté jeunes acteurs, beaucoup de petits-bourgeois. J'en ai eu un exemple dernièrement chez une jeune première qui faisait ce métier comme on place en Bourse son ego – il faut que ça rende ! Une vieille copine comédienne, la regardant considérer que son ego « placé » dans un succès devait lui rapporter, me disait : « Ce qui tue notre métier, c'est tous ces bourges qui nous tombent dessus… Ça n'existait pas avant. »

Vraiment, je n'ai jamais été dans un tel état… Une fatigue fondamentale qui me jette par terre trois fois par jour. Et je me réveille dans le même état. À tel point que je me suis soudainement demandé si je ne couvais pas quelque chose de grave – du type cancer ou saloperie de ce genre.

À ce point, ma pauvre Nina !

Ou alors c'est la tombée de la colère ? Tu crois que c'est possible que le lâchage de six mois de révolte intérieure incessante provoque une telle décompression ?

Retour en Creuse.

Mes *Chats de hasard* avancent ! J'ai fini hier un petit texte sur Jean Mercure. Il m'avait dit de très belles choses sur la souffrance des veaux de batterie et il en avait réellement les larmes aux yeux en me disant : « Nous le paierons. Nous paierons très cher la souffrance que nous infligeons aux bêtes, car nous nous en nourrissons, et je suis certain que tant de douleur reste inscrite dans la chair, elle marque et se transmet… » Ça me donne l'occasion de lui rendre hommage, et de dire aussi qu'il a usé du grand privilège réservé aux seuls humains : choisir l'heure de sa mort. (Tu sais peut-être qu'il s'est suicidé il y a une dizaine de jours avec sa femme Jandeline ?) Il trouvait qu'on vivait inutilement beaucoup trop vieux, maintenant, et il voulait éviter

déchéance, séparation d'avec sa femme, etc. Il aurait dit à l'un de ses amis qui voulait le voir la semaine suivante : « Non, désolé, mais mardi nous serons partis… » *Nous serons partis…*
Magnifique, non ? C'est ce qui s'appelle du sang-froid et en toute connaissance de cause *quitter ce monde.*

Lundi – lendemain de la finale de la Coupe du monde. C'était formidable ! Et cet Aimé Jacquet, c'est un type ! Ceci dit, je voyais les images des Champs-Élysées. C'est incroyable. Mais tout de même… Pour un jeu de ballon, c'est trop, non ? Comment les gens peuvent-ils se mettre dans un état de joie pareille alors que ce n'est même pas eux qui ont joué ?! Vraiment, il y a quelque chose qui m'échappe, là… Tu vois, c'est à des occasions comme ça que je vois qu'on est très différents. Y a pas à tortiller, on est à part, non ? Et parfois un peu seuls, à ne pouvoir adhérer à un truc collectif comme ça. Je dis « on » car je t'imagine mal, aussi, sautant en hurlant aux Champs-Élysées… Quoique l'image me fasse rire ! Avec un petit drapeau peint sur la joue ?
J'attends une petite lettre de toi et des nouvelles, ça ferait bien plaisir.
Je vous embrasse,

Anny.

Le 15 juillet 98

Chère Anny,

Depuis ta première lettre de Creuse, et la seconde ce matin, je crois que c'est ici le premier moment « d'arrêt sur image ». J'ai pris le temps de lire, de penser très fort à toi pour te répondre, et puis voilà ! Week-end avec passages d'amis / clients et maintenant, depuis huit jours, de ma mère, que je ramène à Paris demain. Pour une femme de quatre-vingt-neuf ans, sa présence est légère (un peu comme ta tante qui vit seule). J'essaie de la « dorloter », je pense vraiment que j'ai de la chance de l'avoir encore sur terre. Et au bout de la semaine, les anciennes douleurs reviennent : elle-même n'est pas ce qu'on appelle une « mère possessive », mais j'avais bâti avec elle une sorte de rapport de solidarité (pendant la guerre).

Je suis fichtrement heureuse de ton avancée vers les 160 pages. Ne pas se poser de questions pendant qu'on fabrique la chose !

Bien sûr, j'ai beaucoup accroché au Mondial, à l'étonnement complet de mon fils, qui est à fond dans l'option : « Ça n'est pas parce qu'on gagne au foot qu'on doit être fier d'être français. »

Je crois que ça a rassuré pas mal de gens « *on* est champions » et que les politiques avaient pas mal démoli l'espoir de pouvoir faire ou être quelque chose. Surtout j'ai trouvé ça très beau sur l'écran, les ralentis, l'effort, les joies…

Au fond les humains « sautent de joie », preuve en est faite, et parfois « dansent de joie ». En tout cas, ça inscrit les émigrés de façon plus indiscutable dans le pays que tous les discours anti-Le Pen. C'est pas mal, l'effort sportif à la rescousse contre la bêtise méchante et les vieilles haines attisées. De ton avis absolument en ce qui concerne Aimé Jacquet : je crois qu'un comme ça dans l'Art (peinture, théâtre, etc.), ça ferait un bon courant d'air.

Encore eu un problème avec mes trois toiles passées de Sens à Tonnerre (très beau vieil hôpital historique où ont lieu des expositions). On m'a « placée » près des vaches violet et orange d'une peintre américaine qui a eu son heure de gloire dans les années soixante-dix. Je demande qu'on déplace une de ses toiles qui percute les miennes. Réponse : « On ne peut pas lui faire ça, elle sera vexée. » Or, comme le lieu est grand, elle avait ramené cinq toiles de mieux (?). C'est évidemment mauvais pour elle autant que pour moi. Résultat des courses, je n'y emmènerai pas un de mes clients allemands qui devait venir de Francfort exprès. Quand s'apercevront-ils qu'une œuvre n'est jamais assez forte pour venir à bout de la bêtise des « décideurs » quand ça leur prend de vouloir épargner les susceptibilités d'artistes à-la-mords-moi le doigt ? Mais là, ça ne vaut pas la peine de se mettre en colère.

Je ne crois pas que ma lettre soit celle que je voulais t'envoyer : avec des nouvelles de mes géraniums (comme des arbustes), des roses qui remontent, de Naïk rigolote, bref de ce qui devrait faire l'ordinaire de nos jours.

Être artiste, c'est peut-être regarder en avant, prévoir les écueils, éviter le naufrage, avec des moyens parfois prosaïques, et essayer de garder la joie de vivre l'instant en *faisant*.

Alors je vais terminer pour aujourd'hui ce « melting-pot ». Ça m'a fait du bien, j'espère que ça ne va pas arriver par le travers dans tes propres occupations et préoccupations, et un grand salut à la gent féline, celle qui t'entoure et celle que tu écris !

Je t'embrasse,

Nina

J'ai bien pensé à toi au moment du départ de Jean Mercure et de Jandeline, c'est bon que tu écrives pour eux.

Fin juillet 1998

Chère Nina,

Ça y est. Je commence vraiment à ressentir l'été, à profiter des choses. Même le mal de reins dû aux abondantes cueillettes matinales et vespérales a son charme. C'est dire si je suis grisée par la nature en fleurs et en fruits ! Je suis en « vacances d'écriture ». Je me suis décrété une semaine d'arrêt quand j'ai senti que j'allais, en m'obstinant à me concentrer sur la suite que j'ignore, « louper » les enfants pendant leur dernière semaine de vacances. Et puis il n'y a jamais à regretter les pauses – on n'y perd rien et on y gagne toujours quelque chose. Les mômes se font chier ici… ça y est, c'est arrivé. Je trouve d'ailleurs qu'ils ont bien tenu le coup, fille jusqu'à treize ans et les autres jusqu'à seize-dix-sept ans. J'en connais des plus trépidants qui auraient craqué avant.

Mais, après longue discussion, il apparaît qu'ils ne savent pas ce dont ils ont envie d'autre, car rien de ce que tu leur proposes pour l'année prochaine ne leur agrée… Rien, sauf la ville, les boutiques, le cinoche et la Play-Station pour Gaël. C'est dire ! En fait, ils n'ont envie que d'une chose, c'est que « ça bouge » autour d'eux car eux-mêmes ne savent pas bouger, je m'en aperçois. Comme la musique à fond et à répétition meuble le silence qu'ils ne savent pas remplir.

C'est l'âge, hein ? Chacun le sien. Ils ne m'auront pas à la culpabilité de vivre le mien comme il me convient. Merde alors !

Finalement, je crois que je suis très mal à l'aise avec les ados… Et je pourrais peut-être m'avouer que je suis mal à l'aise avec les enfants en général, ça serait plus simple et m'éviterait de me sentir ou médiocre mère, éducatrice nulle, en tout cas d'avoir presque toujours ce malaise flou même avec les miens.

Être soi-même ne suffit pas, or je n'arrive pas à être autrement, ou à leur donner ce qu'ils voudraient. JE NE SAIS PAS. Je me sens, réellement, complètement démunie si les choses ne coulent pas de source – c'est-à-dire s'ils ne vivent pas leur vie, parallèlement à moi.

En fait, c'est assez terrible car je dois bien avouer que le malaise flou ne me quitte pratiquement jamais… Je ne sais pas quoi faire, quoi être avec les enfants. Ça me fait souffrir car je me dis que bientôt il sera trop tard, ils seront faits, finis (au sens « finition »), partis, et je serai toujours aussi démunie…

Ma sœur est pire dans le style. Moi, j'essaie de donner le change, mais dans le fond, c'est pareil : on ne sait pas.

Alors je me pose la question : est-ce que ce ne serait pas un truc d'orphelin, cette impossibilité d'entrer dans le rôle parce qu'on n'a pas eu les parents qui ont tenu ce rôle devant soi ? On reste étranger. Il y a un truc rompu, une passation qui ne s'est pas faite, un savoir pas transmis… Crois-tu que ça peut être ça ?

Toujours cette impression d'être en rade, à côté. Facilement intimidée par eux. Ha ! Ça oui ! Ça m'entraîne parfois à ne pas les reprendre sur des points évidents – ou me mettre en colère à bon escient – car je ne suis jamais de plain-pied dans mon rôle. Je suis gênée, voilà.

Je ne sais si j'arrive bien à expliquer cette réelle et permanente blessure intérieure. Ça m'angoisse beaucoup. En fait, je m'accuse très fort de ne pas faire d'efforts envers eux – ou de ne pas savoir les faire, ce qui revient au même résultat.

Quand ils se débrouillent tout seuls, pas de problème. Mais s'ils sont en demande, en attente, je me sens paralysée – oui – paralysée dans une sorte d'égocentrisme impuissant.

Alors évidemment je compense terriblement par le « matériel », je fais tartes, bouffe, nourricière – bon hôtel, bon restaurant, c'est déjà ça. Mais comment leur apprendre à aller vers les autres, si moi-même je me sens incapable d'aller vers eux ?

Tu vois, si j'ai été frappée l'autre jour par ce que me disait Guillaume à propos de l'éloignement de ses fils – « je ne sais pas ce qui s'est passé… » – c'est que je pense que personne n'est à l'abri d'une chose comme ça. Ça pourrait fort bien m'arriver à cause – dans mon cas – d'un manque de contact profond. Ils ont presque honte (je n'exagère pas !) et en tout cas une grande crainte d'inviter des copains à passer quelques jours avec nous car ils redoutent leur jugement sur notre manière d'être, qui apparemment n'est celle de personne (enfin pas des autres parents ou familles chez qui ils vont). Ils ont peur que les autres se fassent chier chez nous. Parce qu'on ne fait *rien*. Il n'y a pas d'activité commune, et même fort peu de réelle conversation.

Moi, j'adore cette liberté des uns et des autres dans un grand temps qu'on meuble à sa guise. Ça, c'est MA conception des vacances et de l'été.

Apparemment, ils me le reprochent…

Enfin, tu vois mon état d'esprit parental en cette fin de vacances… Assez défaitiste en ce qui me concerne.

Ceci dit, pour alléger mon angoisse, on dirait qu'à ces âges il y a presque une volonté de se faire chier. Je veux dire, c'est affiché. Lire, il n'en est pas question… S'ils trouvent quelque chose à faire, l'emmerdement ressurgit deux heures après et quasi revendiqué. Je crois que ce vide, c'est leur angoisse de ce qu'ils vont être… mais je ne sais pas les aider.

Allez. Arrêtons là.

Les petites taches sur l'enveloppe, c'est le pigeon Chichi qui a mis les pattes dans mon bol de corn-flakes en voulant goûter…

Je vous embrasse,

Anny

Le lundi 3 août 98

Chère Anny,

Passons à l'urgence : les enfants doivent être partis de chez toi à l'heure qu'il est. Pour l'amour du ciel, NE CULPABILISE PAS. C'est le grand jeu de l'adolescence, culpabiliser le parent qu'ils ont sous la main, surtout s'ils sentent qu'ils « touchent », au sens de l'escrimeur. Le mieux, c'est de rester soi-même, dans son intégrité. Du reste (je suis certaine de ce que je te dis), ça les affolerait complètement de rencontrer un désarroi en face du leur. Parce que le désarroi (devant la vie, l'avenir, etc.), c'est le lot de l'adolescence, à moins que l'adolescence n'ait une passion.

En ce qui te concerne, tu es toi. Et je voudrais bien savoir quelle mère ils souhaiteraient avoir, qui soit mieux ? Le problème, c'est sans doute que vous leur offrez un environnement scolaire de grands bourgeois. Les copains qu'ils ont dans leurs bahuts respectifs n'ont rien d'artistes. Les familles ne savent même pas ce qu'est un artiste. On y parle parfois du rôle de

268

l'humanitaire en face de la faim dans le monde mais jamais du rôle de l'art en face de la pauvreté morale du monde.

Pour te dire que si les enfants se sont ennuyés, c'est de leur âge d'abord. Ils ne vont tout de même pas te faire jouer en live *La Famille formidable*. J'ai revu l'autre soir le deuxième épisode. C'est bien construit (et bien joué !). Lecoq est agréable à voir, bien que sa nonchalante bienveillance devienne un peu répétitive. Mais toi, je ne veux pas que tu prennes en vrai cette figure chamboulée des matins où les enfants en font de belles !

Donc, sois contente d'être dans ta nature, ne regrette pas que les enfants soient partis. Le soulagement est normal. En ce qui concerne la gêne continuelle avec eux : quand ce n'est pas la trouille intégrale, c'est pas grand-chose ! Hephzibah Menuhin me disait qu'elle faisait le tour du pâté de maisons avant le retour de l'école de sa fille, pour se donner du courage. Les enfants, c'est des fauves ! Et ils se font les dents sur qui ils ont sous les pattes. Si t'as peur, c'est le pire. J'ai refait mes classes avec Naïk qui, petite, avait peur quand on avait peur d'elle, et, ayant peur, elle ne savait pas quoi faire. Le dresseur m'a « sauvée » (moralement) en montrant son plexus. « C'est là, dit-il, qu'il faut se sentir plus fort. »

Quant à l'ennui, l'idée que l'adolescence est l'âge de toutes les joies est une idée idiote. Surtout quand les adolescents ont du potentiel. Les petits d'hommes quand ils sont « choses » sont ravis d'empoisonner l'existence de leur mère quand ils l'ont sous la main ! Je répète : pas de remords.

Et puis, à relire *Je vous écris*, tu as eu avec ta fille des contacts physiques de tendresse qui sont un bagage pour elle. Ta vivacité, ton énergie, voilà qui les construit. Ils sont les enfants de parents exceptionnels à plus d'un titre, chacun dans son genre. Ça, c'est l'essentiel.

Et si tu as l'impression de passer à côté d'eux, je pense que c'est parce qu'ils sont des personnes autres que toi. D'abord, pour moitié toi. Ensuite le mélange des deux parents donne un tout complètement eux-mêmes et non pas les deux moitiés additionnées. Donc, il faut absolument s'attendre à la surprise, même si par moments on reconnaît une petite brique qui ressemble à ses propres briques. Je crois nécessaire de te dire aussi que, dans ton rapport avec Gaël, tu ne peux rien faire de mieux que de ne pas le comprendre vraiment. Si tu en avais l'impression (de le connaître à fond), la force de la mère est telle qu'il s'appliquerait à être-devenir le modèle que tu lui proposerais : il ne pourrait pas devenir vraiment un homme (ce qu'il aura, par nature, à être). Les femmes fabriquent les hommes, mais l'homme leur est étranger. C'est ce qui fait qu'il faut du courage pour aimer un homme et en être aimée. Mais un homme modelé par sa mère aura des difficultés avec toute autre femme.

Je t'embrasse,

Nina

PS : Je potasse mon *Connaître les oiseaux migrateurs*. Dis à Thierry que je suis émerveillée par les noms (d'oiseaux). Les bécasseaux variables, les courlis cendrés, les barges rousses, les macreuses noires, les fuligules milouins ! et les rouges-queues, pipits rousselines, bergeronnettes grises, hirondelles de

fenêtre et de cheminée, et les pies-grièches, les oies cendrées, les mouettes rieuses, les pluviers guignards ! et le bihoreau gris !
Je te re-embrasse,

Nina

Mardi 5 ? 6 ? août 98

Chère Nina,

Ho ! Que voilà une lettre revigorante. Quelle bonne amie tu es pour me requinquer comme ça !

Ceci dit, Gaël a refait connaissance avec un garçon de son âge du village qu'il avait perdu de vue. Entre onze et seize ans l'énorme différence de milieu créait un fossé quasi infranchissable, et voilà que l'adolescence les projette sur les mêmes complicités. Voir Gaël partir à vélo pour tourner autour de l'abribus du village qui est le rendez-vous de l'ennui de la jeunesse castellu-cienne (les habitants de Châtelus sont des Castellu-ciens), c'est tout de même assez marrant. Et voilà qui l'éloigne salutairement, à mon avis, des petits-bourgeois de son école – qu'il se refuse péremptoirement à voir en dehors, ceci dit en passant. « Je ne les aime pas, c'est des gosses de riches. » J'ai, à l'occasion, noté au pas-sage que, nanti des mêmes privilèges qu'eux, il ne se sentait aucunement un gosse de riches. Ouf !

Une semaine seulement après la découverte de sa pen-sion, il avait fait le point en me faisant une bonne défi-

272

nition de l'état d'esprit bourgeois : « Devant ils sont bien propres, bien polis et derrière, tu les entendrais, c'est des vrais voyous ! »

J'avais bien aimé le terme « vrai voyou » qui m'avait surprise.

Donc, si on pense bien – et requinquée par ta lettre – ces semaines passées avec eux ici ne sont pas si négatives ni affreuses, et si le temps (beau) avait été de la partie, ça aurait arrangé bien des choses.

Question passion et activités des enfants, nous sommes dans un grand trou. Sara aime toujours le cheval, en principe, mais refuse absolument d'en faire. Gaël a toujours ses cartes de magie en poche, mais ne s'entraîne plus à faire aucun tour…

J'en ai déduit que, dès que je prenais au sérieux leurs goûts, ils laissaient tout tomber. Mon plus grand tort aurait apparemment été de faire une heure de traversée de Paris, plus une heure retour, plus temps du cours pour que Sara s'adonne à sa passion, et de montrer trop à Gaël mon plaisir de le voir progresser dans ce qu'il aimait – que faire ? Donc, je ne fais plus rien, je ne dis plus rien, je ne suggère plus rien. Ils feront et iront vers ce qu'ils trouveront EUX SEULS, et il ne faut surtout pas que je m'en mêle. Ce fut la leçon que j'ai retenue ces derniers temps à propos des passions de mes enfants.

Ce qui m'a, bien sûr, amenée à penser encore que prendre au sérieux son rôle de parent était proprement décourageant tant ils ont tendance à faire l'inverse quand tu te mêles de les pousser – même vers ce qu'ils aiment !

Je suis en panne totale d'écriture. Cet arrêt d'une dizaine de jours pour cause d'enfants a été une petite catastrophe – ce bouquin si ténu et léger doit se dérouler comme une pelote, se tricoter mine de rien d'anecdote

273

en petite réflexion sans autre construction qu'un enchaînement de plaisir de dire, de raconter…

J'ai perdu le fil de la pelote ! Hier m'a vue incapable d'écrire un seul mot. Réellement incapable. J'ai retrouvé cette douloureuse impuissance, cette constipation mentale que j'ai secouée au bout d'une heure en me disant qu'il n'y avait aucune raison que je me fasse souffrir sur un livre qui se devait d'être « de plaisir », et qu'il valait mieux dans ce cas faire des compotes ! Ce qui fut fait.

Les fleurs achèvent leur vie…

J'ai déjà arraché des trucs fanés d'un seul coup, malgré l'arrosage… Ça sent vraiment l'automne qui arrive.

J'ai fait des rêves abominables de condamnation à mort et d'enfermement pendant toute cette nuit. Et j'étais en larmes au réveil… Qu'est-ce qui m'arrive ? J'ai eu soudainement l'impression que l'été et l'écriture n'ont fait qu'ajourner mon malaise (le même que cet hiver, découlant ou mis en lumière par l'histoire des amis lâcheurs) que je retrouve intact. Ce qui expliquerait bien ma répugnance à rentrer, ma presque peur de remonter à Paris…

Bon, oui, je fuis quelque chose. Or je ne veux pas que la Creuse soit une fuite. En attendant, il se passe quelque chose de gai : Dédé avec sa grosse pelleteuse a commencé l'étang ! Ça sera merveilleux, je pense. Et la « respiration » lisse de ce plan d'eau en fera un coin vraiment différent.

Je veux y mettre des truites, et pas de ces saloperies de carpes qui se laissent toujours pêcher et qui sont immangeables – sauf si l'on est juif et assez masochiste pour se faire chier à les farcir ! J'ai des souvenirs de journées passées à faire des farces délicieuses pour tenter de rendre mangeables ces carpes que Bernard ramenait quand il allait pêcher. Tout le monde mangeait la farce et pas une bouchée de cette foutue carpe. Après quatre ou cinq coups comme ça, je me suis dit : autant faire des boulettes !

Derniers jours…
Le temps a viré à la rentrée. Il nous aide, y a pas à dire. J'ai essayé de continuer un peu à écrire pour terminer mon septième texte. J'arrive vraiment au cœur du livre, il faut faire attention. Plus j'avance, plus il s'épaissit – je veux dire dans sa finalité. C'est ça, les sujets « ragoût » – on rajoute une carotte, puis un petit poireau, puis une pincée de ça, et partie d'un petit plat pour deux, tu te retrouves avec une grosse casserole !
Le jardin est toujours beau malgré le temps, mais on sent l'abandon qui se prépare.
J'ai fait tout ce que j'avais à faire, récolté les graines. Je vais symboliquement, le jour de notre départ, semer des roses trémières dans tout le village. En somme, je vais « semer » l'été prochain !
J'ai renoué avec la source, ici en Creuse. Je ne sais vraiment pas pourquoi. C'eût été vraiment un arrachement très cruel que je ne puisse retrouver cette maison. L'enracinement s'était fait, là.
Je me souviens de la si jolie phrase que m'avait dite un orphelin : « C'est terrible, nous, les orphelins, on veut TOUT. »
C'est vrai qu'on veut tout – et plus que les autres. L'arrachement et le manque ont été si terribles qu'ensuite on réclame tout comme un dû normal. On veut le métier qu'on aime, et l'amour, la tendresse, et la maison qu'on aime, et la fierté de dire ce qu'on pense par-dessus le marché. Rien n'est jamais trop. Et si des gens vous disent qu'on devrait se contenter de ceci, de cela parce

que c'est déjà beau, on répond : « Pourquoi, pourquoi on n'aurait pas TOUT ? »

Bernard, par exemple, m'avait dit se résoudre à ne pas être heureux dans le « privé » car on ne pouvait pas tout avoir, notamment le bonheur et le succès. Toujours ce vieux truc christiano-machin qui nous a inculqué qu'on doit payer. C'est faux. Rien ne nous empêche d'avoir le succès et le bonheur. Rien, sauf les bornes qu'on se pose soi-même devant le nez – ou l'alibi que ça représente de ne pas faire l'effort, si on a l'un, de tenter d'avoir l'autre. On pourrait appeler ça « le syndrome fromage ou dessert ».

Les orphelins veulent « fromage ET dessert », tout le temps.

Retour de café.

J'arrive dans la cuisine, je vois à Tata la mine chiffonnée de celle qui rumine quelque chose, puis elle me dit : « Y a de tout et n'importe quoi, dans ton bouquin ! Et puis tu ne parles que de toi, c'est agaçant. D'ailleurs, ça va énerver tout le monde ! »

Ça, c'est comme les gens qui te disaient comment tu devrais peindre. Plus une pique sur mon « égocentrisme ».

Terrain sensible…

Elle le sait la bougresse, elle qui m'a élevée dans le plus fabuleux égocentrisme qui soit !

Un jour, j'essaierai d'analyser avec toi pourquoi je ne supporte pas la désapprobation. Ça me paralyse totalement. *A fortiori* quand je suis en train de chercher et de faire quelque chose. Les bras, les idées, l'envie, tout m'en tombe.

Est-ce trop d'orgueil, trop de doutes ? Commotionnée, je peux être, si je sens qu'on ne m'approuve pas. C'est

pourquoi aussi sans doute je recherche le succès, une approbation massive du public – celle des critiques ne m'aurait pas suffi !
Je vous embrasse. Et je laisse un grand blanc pour la sérénité nécessaire et la vôtre aussi.

Anny

Jeudi 10 septembre 98

Chère Anny,

Il me semble que tu as dit quelque part dans une de tes lettres que la Creuse serait – ou que tu craignais qu'elle soit – « une fuite » (je te cite). Alors là, je t'arrête : c'est pour toi un instrument de travail et une partie de ton équilibre. Il faut tout de même que tu te rendes compte que tu n'es pas une actrice dans la norme. Y en a pas beaucoup qui écrivent ce que des tas de gens n'osent pas exprimer d'eux-mêmes, de ces sentiments profonds impondérables qui sont comme les fonds marins, avec l'épaisseur de la mer par-dessus.
Faut plonger loin pour y toucher du doigt.
Ah, Tata te dit que tu n'écris que sur toi ?
Mais demande-lui donc ce que faisait Montaigne : « C'est ici un livre de bonne foi, lecteur. Il t'avertit dès l'entrée que je ne m'y suis proposé aucune fin, que domestique et privée. Je n'y ai eu nulle considération de ton service, ni de ma gloire. Mes forces ne sont pas capables d'un tel dessein. Je l'ai voué à la commodité particulière de mes parents et amis (…) à ce qu'ils y

puissent retrouver aucuns traits de mes conditions et humeurs… Ainsi, lecteur, je suis moi-même la matière de mon livre. » De Montaigne, premier de mars mil cinq cent quatre-vingt.

Dis-moi un peu si Montaigne n'a pas aidé des milliers et des milliers de lecteurs (dont moi) à vivre leur vie ! En disant ce qu'il pensait, comme il le pensait.

J'en reviens à toi / nous. Cette espèce d'état d'insatisfaction, tu l'imputes à l'orphelinat, si je puis dire.

Il y a la catastrophe que tu as vécue (j'ai relu *Le Voile noir*) comme celle que j'ai vécue (à 9 heures du matin j'étais une petite fille comme les autres, à 11 heures, je voyais mon père mort, il avait trente-sept ans et demi) et c'était en 1942, il nous laissait en plein milieu de l'ennemi. Curieusement, je n'ai pas eu l'idée de lui en vouloir de cet abandon. Il m'a semblé plutôt que la catastrophe était pour lui, comme pour mon grand-père Émile déporté l'année suivante : ils n'auront pas su qu'on « s'en sortirait ».

Je t'embrasse bien fort. Et ne te fatigue pas trop, si tu peux !

Nina

Dimanche 11 octobre 98
10 h du soir – En Creuse
L'automne est là…

Chère Nina,

Me voilà revenue ici pour une trop courte retraite. Réécrire, réécrire… deux nuits que je n'en dors quasiment
pas ! Comment reprendre ? Par quoi ? Est-ce que ça va
bien vouloir venir ? Dois-je relire ? Ne pas relire ?
Je me suis octroyé une journée de repos sans trop de
remords – journée de cueillettes délicieuses en tout
genre. Je n'ai pas résisté aux châtaignes – en allant voir
les « individus châtaigniers » que je connais et qui font
les plus belles. Puis chemin faisant je suis passée par les
noix, et ô surprise, il y en avait encore. J'ai trouvé deux
brassées de fleurs pour faire des bouquets (tiens, il en
manque un sur la table d'écriture – ça c'est sûr, je ne
pourrai pas commencer à travailler sans ça… !), puis
cueilli les trois malheureux coings qui étaient dans la
haie du petit pré de la châtaigneraie. Un de ces jours, je
me taperai une fournée de bocaux de compote avec
quelques coings dans les pommes, c'est délicieux. Tu

devrais essayer : un coing pour cinq-six pommes, à peu près, ça change tout !

Cette semaine, je ne vais manger que ce que je trouve ici, plus un peu de fromage et œufs.

Qu'est-ce que j'ai comme mal à m'y mettre ! Dis-moi, raconte un peu : es-tu comme ça, toi ? Tu semblerais plutôt avoir du mal à t'empêcher de peindre, quand ça te prend !

Mais tournicotes-tu autour de l'atelier pendant des heures, retardant le moment de te lancer par tous les prétextes que tu peux saisir ? Qu'est-ce que je rechigne, bon sang ! Et pourtant, ce que j'écris là n'est pas spécialement pénible, au contraire… alors ?

Un mal fou. La bête renâcle. En dernier ressort je me dis que je renâcle au travail, tout bêtement. Je n'aime pas ça. Et je n'arrive pas à me cacher tout à fait que c'en est un ! Le jeu, c'est plus facile, pour ignorer le travail, le ludique de la chose masque l'idée du labeur…

J'ai emmené cette fois-ci mes trois volumes des œuvres complètes de Colette. Elle sera bien ici ! Colette est pour moi une palette, une source de richesse et de bien-être, au sens propre, que je n'épuise pas. Par contre, me reprochant de ne pas connaître les jeunes romanciers, j'ai acheté un livre d'une femme dont on parle pas mal en ce moment. Nom de Dieu… ! le truc a été à la poubelle au bout de cinquante pages. Je dis bien à la poubelle, parce qu'un truc comme ça tu ne gardes pas et tu ne donnes pas non plus !

J'ai un réflexe d'un grand classicisme devant ces textes « déstructurés », mal écrits, sans ponctuation.

Ça me rappelle absolument quand tu vitupères contre les esbroufeurs de ton métier à toi ! Les peinturlureurs et peintresses tricheurs et infatués valent certainement

281

ce genre d'écrivaillon à la mode ! Et ça marche... ! Je n'en reviens pas... Je n'en reviens pas parce qu'en vérité, c'est chiant ! C'est simplement CHIANT. Alors que trouvent les gens là-dedans ? Sont-ils à ce point complexés qu'on puisse leur faire prendre n'importe quelle vessie pour une lanterne ? Et les fameux critiques ? Ont-ils à ce point tout-vu-tout-lu qu'il faut du « nouveau » à tout prix pour les désennuyer ?

Dis donc... me prendrais-je sérieusement pour un écrivain pour avoir des humeurs « de métier » ?

Attention tout de même... Voir à voir à pas trop se prendre au sérieux. La position de dilettante est bien commode !

J'attends ta lettre avec impatience : tu penses, une récréation ! Et le prétexte à te répondre en lâchant mon cahier, quelle aubaine !

Bon, il serait déraisonnable et d'une lâcheté superlative de commencer une autre page... pour échapper déjà au cahier.

J'aimerais t'envoyer ce que j'ai écrit déjà. Tu veux bien ?

Anny

Chère Anny,

J'ai passé un moment délicieux samedi allongée sur le divan à te lire, alors qu'il pleuvait à gros soupirs dehors.

Tu dis des choses absolument, complètement, résolument honnêtes, avec toi-même, pour tes lecteurs. Et, crois-moi, en ce siècle qui finit dans le paraître, c'est plus qu'agréable, c'est nécessaire. Tu fais une œuvre de salubrité publique. Et « les gens », qui sont dans l'ensemble beaucoup plus doués d'intelligence que l'élite intellectuelle le croit, ont besoin d'un tel livre. Tu ne parles pas de toi d'une façon nombriliste, tu dis ce que tu penses.

Le sujet : ça tombe à pic parce que beaucoup de gens ont des animaux dits de compagnie, et n'étant ni sûrs d'eux, ni sûrs de leurs animaux pas si bêtes, ils se demandent réciproquement comment s'y prendre.

Ce qu'on sent très bien dans ce que tu écris, c'est que vivre avec chiens ou chats, ça demande de l'attention, de la finesse.

La première phrase, c'est absolument épatant. « J'ai pour les animaux un amour raisonnable. » En recopiant, je vois que c'est un alexandrin, ça balance. Mais ce que cette première phrase dit, d'un style classique, fonce au cœur du problème « amour ». Et « amour raisonnable », c'est quelque chose qui peut faire du bien à tous ceux dont l'amour pour les animaux n'est pas raisonnable (trop).

Ensuite, tu nous permets de nous situer. Tu me disais que je suis « à chien et à chat ». Je crois qu'en ce moment je suis « à chien », parce que je prends conscience du moi profond de Naïk, que je trouve bien intéressante dans son fonctionnement personnel, par rapport à nous.

Quand tu dis que ni meilleurs, ni plus intelligents sont les chiens par rapport aux chats, tu ajoutes que « tout est question de sensibilité personnelle vis-à-vis des uns et des autres ». C'est vrai, comme pour le genre humain.

Arrêt ! Une superbe odeur de caramel a crapahuté à travers la maison, j'avais entrepris une compote de prunes. Et en t'écrivant je l'ai oubliée… on mangera caramel.

Comme j'ai bougé, le chat Moustache est descendu du premier, où il reste sur un gros coussin comme un diamant noir sur un coussinet et en conséquence les deux se permettent de miauliner-japper (c'est l'heure de leur dîner). Mais comme je me suis remise à t'écrire, ils respectent. C'est ça qui est formidable avec les animaux : ils respectent le silence du peintre et de l'écrivain. Ça n'est pas le cas des humains.

Quant à la difficulté de « s'y mettre » – c'est pas exactement le même problème, je crois, en peinture et en écriture. En écriture, je me dis que la pensée à exprimer entraîne la main. Difficulté que les surréalistes avec l'écriture automatique et les petites bonnes femmes évitent en laissant leur main tracer n'importe quoi qui vient à l'esprit. Et ça, ça n'est pas penser. Penser, ça n'est pas saisir au vol la première expression qui vous passe par la tête. Ça peut se faire dans le corps du récit mais toujours en rapport avec l'avant et l'après du texte – ce que tu appelles le classicisme. Pas de la logique, non, mais une sorte de conduite de l'âme, si j'ose dire. En quatre mots, le spontané ne doit pas être le n'importe quoi, et surtout pas le n'importe quoi fabriqué. Et c'est vrai que c'est mode. Faut que je respire quand je vois des tableaux fabriqués pour les galeries.

J'aime beaucoup quand ce délicat sujet du « laborieux et du spontané » est décortiqué par le copain Montaigne :

« Je connais, par expérience, cette condition de nature qui ne peut soutenir une véhémente préméditation et laborieuse. Si elle ne va gaiement et librement, elle ne va rien qui vaille. Nous disons d'aucuns ouvrages qu'ils puent l'huile et la lampe, pour certaine âpreté et rudesse que le travail imprime en ceux où il a grande part. Mais, outre cela, la sollicitude de bien faire, et cette contention de l'âme trop bandée et trop tendue à son entreprise, la met au rouet, la rompt et l'empêche, ainsi qu'il advient à l'eau qui, par force de se presser de sa violence et abondance, ne peut trouver issue en un goulet ouvert. » Fin de citation !

Ce que je ressens, c'est que je ne peux pas rentrer dans l'atelier si je ne me sens pas capable de mettre de côté tous les petits chocs, trucs, bazars émotionnels qui obstruent l'idée de ce que je vais faire. Par exemple, le choix des couleurs pour la palette. Je crois que tu sais bien faire ça : te mettre en état. Tant que tu n'y es pas, c'est dur, un mécanisme, une mécanique intérieure plutôt subtile à mettre en place.

Moi, je suis dans le problème des visages. Quelque chose à saisir de l'intérieur – âme ? – de la personne. Je tourne autour et, au fond, ce qui m'agace – c'est peu dire – c'est de ne pas faire passer le secret de la personne sur la toile. Comme je l'ai dit à mon modèle : « Si vous voulez juste la ressemblance extérieure, allez sur le quai de Saint-Tropez ou place du Tertre, là ils savent y faire. » Bref, ça barde.

Je vais te laisser sur cette conclusion, parce que je te le dis, moi, comme tu fais, c'est beau à voir !

Je t'embrasse,

Nina

Chère Anny,

Guillaume est malade.

Après le dîner il dort. J'aimerais qu'il accepte d'avoir à se reposer. Je lui ai fait une bouillotte et il s'est endormi avec, comme les enfants quand ils ont mal au ventre.

Guillaume n'a pas la philosophie de la lutte en cas de maladie. Hier soir je lui ai montré le tas de boîtes sur la petite table : « Quand tu auras mangé tout ça, ce qui est ton travail actuel, tu verras où tu en es. D'ici là, tu ne penses à rien d'autre qu'à te détendre. »

Toujours pas de diagnostic (pas de visite du docteur d'ici jeudi). Perplexe, le docteur de campagne avec son bon sens. Qu'est-ce que peut bien avoir un artiste dans la position du tireur couché (façon de parler) ? Cela dit, douleur persistante que je calme avec des bouillottes.

Une bonne crise ce matin. On doit, Guillaume et moi, cesser de vouloir maîtriser le temps pour sauvegarder celui de la création dans une journée, se laisser vivre, préserver nos forces (restantes). Et penser que c'est très bien comme ça. Je me suis aperçue que le problème est de ne pas changer. Garder des forces pour continuer en conservant de la liberté intérieure, cette médecine me donne un chantonnement intérieur. Peut-être que je viens d'avoir une trouille intense, non devant la mort possible de Guillaume, encore qu'il n'a jamais été dit perdu, mais plutôt devant sa capitulation. Il semble aller mieux chaque jour mais on va se « recentrer » quelques mois.

Certaines personnes trouvent incroyable que j'aie pu penser à sa mort. Ça les choque. Ça les effraie que je puisse penser ça. Comme si ne pas y penser pouvait conjurer le possible de la chose !

Je ne sais pas du tout quelle tête peut avoir cette lettre pour toi, je crois qu'en plein tournage, c'est pas le moment de te raconter des choses comme celles de ce matin…

Je t'embrasse,

Nina

Dimanche 5 décembre 98

Chère Nina,

Enfin un dimanche calme où je peux t'écrire.

Tu sais, ta dernière lettre est très juste et pas spécialement inquiétante – peut-être subjectivement pour toi parce que ton tempérament a du mal à accepter de voir les choses « à plat », sans l'énergie et le chantonnement qui les transcendent d'habitude. Ce sont des moments très utiles pour constater crûment le point où on en est, pour estimer les dégâts. Est-ce que les autres se travestissent leurs inquiétudes vraiment tout le temps ? Moi, je trouve tout à fait normal que voyant Guillaume en proie à une faiblesse et une douleur inexpliquées tu penses tout de suite à sa mort !

Mais on est peut-être spéciales… j'en ai eu une preuve encore, l'autre jour, avec la réaction d'un de nos amis qui me disait être charmé par la manière si précautionneuse et tendre qu'avait Sara vis-à-vis de Tata, la petite s'occupant de la vieille presque comme si les rôles étaient inversés.

Je lui ai dit : « Sara se conduit avec Tata exactement comme elle se conduisait avec notre chatte Missoui à la fin. Elle sait qu'elle va mourir, alors elle en profite au maximum… »

La tête du gars ! Pétrifié. « Comment peux-tu dire des choses pareilles ?! »

En fait, il aurait dû dire : « Comment peux-tu *penser* une chose pareille… » Il m'a dit que plusieurs fois il m'avait entendue avoir des petites réflexions dans ce style qui étaient pour lui comme des seaux d'eau froide. Moi, ce qui m'étonne c'est qu'on n'y pense pas…

J'ai reçu la lettre d'un gars qui me dit avoir été très choqué – de la même manière – par une phrase du *Voile noir* (que j'avais oubliée) où je dis que « ce livre est AUSSI une fantastique tentative de séduction pour masquer la monstruosité qui m'habite » (l'excès de douleur et la réaction qu'elle a engendrée). Il m'a écrit que j'avais à son sens un regard impitoyable sur les choses et sur moi-même, or il comprenait que je puisse l'avoir sur ce qui était extérieur mais pas sur moi ou l'entreprise que j'étais en train d'achever.

Je lui ai répondu que son mot était très juste, je crois que je n'aurais pas pensé à l'employer, mais que « l'impitoyabilité » (?!) me semblait le garant d'une certaine lucidité pour envisager tous les aspects de ce que tu fais, et qu'au bout du compte cette faculté de regard « impitoyable » est le meilleur garant d'une vérité intérieure, d'une fraîcheur d'esprit et de la possibilité de tendresse.

Il me semble que tu serais douée de la même impitoyabilité (on le garde ce mot-là ?) qui te permet de penser tout de suite au pire pour explorer toutes les conséquences « au cas où » et rassembler tes forces.

C'est pourquoi ce que tu me dis ne m'effraie pas pour toi. Pourquoi est-ce que ça effraie tant les autres ? Certaines personnes trouvent sans aucun doute « monstrueux » que tu penses à la mort de Guillaume parce qu'il a mal au ventre ! Moi, je trouve ça normal. Mais on n'est peut-être pas beaucoup comme ça…

Moi, j'ai rassemblé les miennes, de forces, pour le tournage. Il me semble qu'on va faire un joli petit film.

J'ai eu un peu de mal à démarrer. Et cet épuisement… Ha ! Cette fatigue qui me tire l'intérieur et que je traîne comme je peux… Je ne sais pas ce que c'est. Je ne trouve pas. Je passe un grand cap, peut-être : je donne beaucoup d'énergie et de bonnes choses de moi-même pour des personnages qui ne me « rendent » rien comme nourriture intellectuelle. Et morale. Même le succès, qui est une bonne chose et que j'apprécie, ne masque pas que la plupart du temps il s'agit de petites choses, qui ne valent pas tripette au niveau artistique – ni dans le sens, ni dans la forme !

Tu me diras : Oscar Wilde ne m'a pas plus nourrie ! Mais est-ce que je peux trouver dans ce métier, même si je jouais des grands textes et participais à des entreprises intellectuellement plus exigeantes, de quoi secouer cette fatigue profonde ? – que je vais bien finir par appeler *lassitude*, si ça continue.

Au fond ne serais-je pas lassée, profondément, de faire l'actrice… ? Et serait-ce pour ça que je n'en finis pas d'être soulagée, quand je suis à la campagne, de ne pas avoir à paraître ? Juste être moi-même, sans avoir cette épuisante impression de « donner le change » sans arrêt…

Je me souviens avoir été frappée, il y a longtemps, par ce qu'avait dit Greta Garbo pour expliquer son arrêt brutal et sans regret de ce métier d'actrice : « *I was fed-up to make faces...* » En gros on pourrait traduire : « J'en avais marre de faire des mines » ou « de faire des grimaces ».

Nina, je crois bien que depuis un bon nombre de mois – voire d'années passées à vouloir l'ignorer – j'en ai profondément marre d'avoir à faire des mines, qu'elles soient gaies ou dramatiques ! Mais comme c'est mon métier, je le fais en essayant d'être le plus convaincante possible, mais ça me tire sérieusement sur la nénette ! D'où cette épuisante impression de donner le change, de me battre les flancs.

Bon, c'est un matin où on est sur l'impitoyabilité alors on peut tout penser et tout se dire.

Tu vois, j'ai pensé à cette éventualité d'une vraie lassitude de « *make faces* » quand je me suis trouvée si épuisée ces jours derniers à commencer à tourner... La bête renâclait. Un mal de chien à m'empêcher l'œil d'être éteint, et la mine tirée par l'effort.

Ce n'est peut-être pas dramatique... c'est peut-être une période ?

Décidément, pour l'une comme pour l'autre, ce début d'hiver ne va pas comme sur des roulettes, hein ?

Je t'embrasse,

Anny

Ce jeudi 10 décembre 98

Chère Anny,

Je rentre de la promenade journalière qui m'est nécessaire.

Naïk fait comme une virgule-ponctuation dans ces champs-océan qui changent de couleurs jour après jour. Quand on dit que la terre change de manteau, c'est vrai, même si ça fait dictée de primaire !

Je veux te chercher un passage de Louis Jouvet dans *Écoute mon ami* : l'idée que Louis Jouvet développe c'est que le comédien doit rester dans le léger. S'il « veut descendre dans le profond, il est lourd et se noie… provocateur habile, ce n'est ni sa nature ni son métier d'être profond ».

Je me demande si ce trouble que tu vis en ce moment n'est pas là : depuis *Le Voile noir*, tu descends dans le profond. Et le métier n'a pas cette « règle du jeu », comme dit Jouvet.

Ça me semble très très près de toi. Je pense vraiment que la fraîcheur d'âme à laquelle tu tiens, à laquelle je tiens, à laquelle Jouvet tenait, vient de ce perpétuel « re-début ». Toujours l'impression de commencer. Peut-être que ta lassitude (du métier) vient de ce que tu as la sensation de *recommencer* (et non de faire pour la première fois).

Bon, j'arrête là avec Jouvet.

Autre réflexion promenade : je suis persuadée que ce qui te manque, c'est un projet personnel à chantonnement intérieur.

Pourquoi ne pas t'inventer un petit projet à toi seule, genre dire des textes ?

En forme de dialogue-confidence avec le public, sur un thème ou plusieurs. Tu pourrais te monter ça pour toi avec des textes que tu aimes (et même des chansons) et même ton numéro de trapèze mais pas trop haut ! Et si les gens écrivent pour toi, fais-leur écrire quelque chose pour-toi-seule au théâtre. Ça fait longtemps que je pense que tu mérites ça.

Guillaume va mieux. C'est vrai ce que tu dis. Je l'ai cru capable de mourir parce qu'il a eu mal au ventre.

En fait, il prend tout dans les entrailles et ses viscères ont dû faire un nœud. Les médecins sont toujours perplexes[1]. Moi j'essaie d'être douce et gentille. Il se repose, il lit, il a commencé à tirer certains textes. Bon. Je suis d'accord. Mais quand il me demande « si j'ai fini à la salle de bains », j'éclate ! Je dois toujours avoir une limite qu'on met à mon temps, quelqu'un attend que j'aie fini, etc., alors que me laver est la seule opération un peu poétique que je fais dans ma journée ! Tu vois le genre.

1. Guillaume sera opéré d'extrême urgence en janvier 1999 d'une rupture de l'aorte.

Réponse de Guillaume : « Avec toi on ne s'ennuie pas. »
Heureusement qu'il le prend comme ça !
Je t'embrasse.

Nina

Chère Nina,

Reprise du travail.

Nous voilà à la moitié du film. Ça va bien, je crois. Mais c'est trop rapide, trop « expédié » – alors tu bandes toute ta faculté d'invention, ta souplesse de « chat qui retombe sur ses pattes », ta faculté d'apprendre, en une répétition, un texte réécrit deux secondes avant. C'est marrant un temps. Maintenant, je crois que j'ai beaucoup fait ça, lassitude…

Ma camarade qui joue dans le film l'a vu tout de suite. Elle m'a dit avoir été inquiète pour moi dès le premier jour du tournage.

C'est une gentille fille, une bonne camarade.

Et du coup, ça m'inquiète, c'est sûr…

La nuit suivante, je n'ai pas fermé l'œil. Et je suis restée allongée toute la nuit sans bouger, à regarder passer les heures. Pas plus mal que ça.

Je me sens intérieurement comme une pierre.

C'est le mot.

J'aurais besoin de m'autoriser à être comme une pierre le temps qu'il faudrait.

J'entends *pierre* comme quelque chose de lourd, tranquille, qui n'a pas à exprimer pour être, qui n'est pas rien, non, mais quelque chose de dense qui EST, sans mouvement et sans fluctuation.

D'où peut-être ma non-envie de jouer, de remuer. Je peux rester immobile pendant des heures avec un réel plaisir et soulagement. Et sans tristesse, sans inquiétude.

Au contraire, tout se pose. Je respire et je suis. Je suis certaine de n'avoir dans ces moments-là aucune expression sur le visage.

Je crois que ce besoin d'être comme une pierre est le signe d'une grande période de mutation.

En somme, je ne sais pas encore pour quelle gestation (c'est ça qui est angoissant !).

J'ai besoin de rentrer dans ma coquille. Si ce n'est « pierre », le bon mot ce serait l'« œuf ».

En fait, oui, je n'ai pas relu encore M. Jouvet, mais ça rejoint ce que tu dis du « profond » et de la « légèreté » incompatibles pour les comédiens – du moins dans le temps d'exercice de leur métier.

Cet « état pierre » n'est pas lourd et je sens que j'aurais beaucoup à apprendre de cette gestation, mais dès qu'il faut s'agiter et faire semblant, c'est comme si j'avais avalé un menhir !

Après cet effort pour ce film, j'ai deux ou trois mois devant moi pour faire l'œuf – du moins un mois entier dans la Creuse pour finir le livre.

Il m'est impossible d'y travailler à Paris. Et les enfants m'en veulent si je m'éloigne. Ils me font la tronche pour une absence de deux jours ! Pourtant, ce serait bien qu'ils aillent chez leur père, et qu'il soit un moment responsable d'eux, avant de repartir pour l'étranger pendant je ne sais combien de temps.

Mais jamais je n'ai entendu l'once d'un reproche envers ce père quasi perpétuellement absent ! Il a tellement bien établi comme une loi péremptoire que lui, c'est la liberté, son travail, ses voyages avant tout, qu'il ne vient à l'esprit de personne de remettre ça en cause. « Papa, il est comme ça, c'est tout » – intouchable.

Du coup, quand il y a des reproches ou un sentiment de revendication, c'est sur moi que ça retombe – même pour deux jours d'absence alors que l'autre est parti trois mois !

J'aurais envie de renverser la phrase célèbre : « Chez nous, les absents ont toujours raison ! » C'est profondément énervant.

C'est sans doute une loi : celui qui assure le quotidien essuie tout. L'autre, c'est le rêve, l'absent merveilleux.

Je t'embrasse très très fort,

Anny

Jeudi matin 24 décembre 98

Chère Anny,

ON N'A JAMAIS TORT DE PENSER QU'ON A
RAISON DE FAIRE COMME ON FAIT.
Tu as besoin de ce mois pour finir ton livre, pour faire
bouillir la marmite – NE T'EXCUSE PAS, JAMAIS !
Oui, il y a un prix à payer par tes enfants de vos
métiers. Est-ce qu'ils préfèrent avoir des parents au
chômage et sans le sou, tout le temps à la maison à
regarder la télé ?
Mon fils, élevé par une femme-seule-peintre (un comble
dans les années soixante), est plus armé que les enfants
cocoonés de l'époque : combien de fois je me suis dit
que continuer ce métier envers et contre tout me ferait
plus tard penser qu'il serait indépendant (pas évident
dans l'éducation mère / fils, un satané couple à éviter
comme couple).
Je t'écris ça et je te dis : il ne faut pas hésiter à ÊTRE
FÂCHÉE. Tu sais, mon grand-père russe disait que personne ne te défend mieux que toi-même. Tu n'es pas
seule. (Et même si tu étais seule, il faudrait tenir mais tu

299

serais peut-être moins attaquée.) C'est à choisir : être attaquée ou être plainte. Mon truc, au fond du fond, c'est que je ne veux pas qu'on me plaigne !

Quand même : quand le médecin est venu pour Guillaume, je me suis fait prescrire, contre toutes mes idées préconçues, un mois de Prozac. Mais je ne sais pas si c'est bon dans ton métier. Et ça n'a pas l'air de faire grand-chose en ce qui me concerne : si je veux rester malheureuse, je resterai malheureuse, Prozac ou pas, il me semble.

En plus, j'avais le dos tellement raide que je suis allée chez un kiné, résultat des courses, le dos labouré de fulgurances pendant huit jours. Donc, c'est de démonter les mécanismes que vient le salut.

Tu t'en fous du reste !

Alors, la première chose est, il me semble, d'écarter tout ce qui te gêne pour finir le livre.

Ensuite, après le livre, tu verras où tu en es.

On s'aide ! Je ne me fais pas trop de souci sur le fond, parce que je sais que tu as le caractère, la formation et l'habitude de surmonter les épreuves avec tes moyens propres. Mais ce qui me soucie, c'est qu'on te gâche un moment de ta vie où on peut vraiment briller de tous ses feux et profiter de l'existence. C'est là qu'il te faut réagir. Notre problème (à toi et à moi aussi), c'est qu'on n'est pas faites pour être malheureuses !

Je t'embrasse fort,

Nina

PS : Souviens-toi tout le temps que tu es plus forte :
Tu as la Creuse
Tu en fais une merveille

Tu élèves bien tes enfants (pas d'exemples d'élevage sans problèmes, même et parfois surtout par un couple non séparé)

Ton travail abonde

Tu écris comme tu as envie pour le meilleur Éditeur de Paris

Ton public t'aime

AUCUN DE CEUX QUI VEULENT T'EMMERDER N'A TOUT ÇA !

Lundi 28 décembre 98

Chère Nina,

Je croyais être en pleine forme ce matin, or je m'aperçois… que la lassitude décidément prime ! Quelle hâte
j'ai de rejoindre le calme creusois et n'être quelque
temps *que* moi.
Et merci, merci Nina de m'y aider en m'envoyant de si
bonnes et requinquantes lettres.
Je dors quatre heures depuis huit jours, ça suffit ! Je
pars, je pars ! Je laisse tout *pauser* – je vais faire la
« pierre » vivante et finir mon livre.
Je *pars* – avec mon homme doux, trois chats, dix-huit
paquets de litière, des moufles et sac écriture.
VIVE L'ANNÉE NEUVE.
Je vous embrasse de tout mon cœur !

Anny

Postface de Nina

Les dernières lettres échangées entre Anny et moi et publiées dans ce volume datent de 1998. On est en 2008. Le temps qui fuit en a profité pour me faire entrer dans la vieillesse, avec l'adaptation qui convient ; on n'en finit pas d'avoir à résoudre les avatars de la vie : c'est là, je crois, que nous nous sommes aidées, chacune avec ses problèmes. Anny est plus jeune que moi, je la précède dans ce devenir continuel qu'est l'existence. Je pourrais presque être sa mère. Nous avons un point commun, que nous nommons notre orphelinage. Encore que je n'aie perdu à dix ans que mon père, pendant la guerre de 40. Anny a perdu d'un seul coup son père et sa mère. Pour chacune de nos enfances, ce fut inattendu, d'une brusquerie imparable et irréparable. D'où cette manière qu'on a de s'attendre à tout – souvent au pire – à chaque instant de la vie. Avec un atout considérable pour parer à toute éventualité catastrophique : nos métiers.

Une vocation de peintre, en ce qui me concerne, m'a privée de tout autre choix de vie. Je n'aurai été bonne qu'à ça ! Anny, de son côté, est à dons multiples : comédienne, écrivain(e), peintre si elle veut tout autant. J'ai pu, sans dommages, abandonner mon Atelier-Galerie du Marais, à Paris, pour un village de Bourgogne, où ceux qui le souhaitent viennent visiter mon atelier. Anny a un large public qui l'aime sans la connaître personnellement, qui attend ses apparitions et ses romans. Mais, sur le fond, nous sommes, dans nos métiers, sans aucune concession.

C'est ce qui nous a, me semble-t-il, beaucoup rapprochées : une morale, une éthique, voilà. Et puis, dans les bons moments d'élan et de « faire », cette petite chanson intérieure que nous nommons le « tititi-tatatam », qui nous soutient le moral, avec une même panique pour celle que le silence envahit. Alors, l'autre est là !

Nous avons relu nos lettres ensemble dans le creux de la Creuse d'Anny, qu'elle cultive en peintre de l'espace et du temps, faisant de son jardin un tableau de Bonnard changeant au fil des saisons.

Je souhaite de tout mon cœur que ces lettres soient pour vous une preuve que l'amitié, ça existe.

Bessy-sur-Cure, le 16 avril 2008

ANNY DUPEREY

L'Admiroir
roman
Seuil, 1976
et « Points », n° P438

Le Nez de Mazarin
roman
Seuil, 1986
et « Points », n° P86

Le Voile noir
Seuil, 1992
et « Points », n° P146

Je vous écris
Seuil, 1993
et « Points », n° P147

Lucien Legras, photographe inconnu
(présentation de Patricia Legras
et d'Anny Duperey)
Seuil, 1993

Les Chats de hasard
Seuil, 1999
et « Points », n° P853

Allons voir plus loin, veux-tu ?
roman
Seuil, 2002
et « Points », n° P1136

Les Chats mots
textes choisis
Ramsay, 2003, 2005
et « Points », n° P1264

Essences et Parfums
textes choisis
Ramsay, 2004
et « Points », n° P1671

Une soirée
roman
Seuil, 2005
« Points », n° P1424
et Éditions de la Seine, 2007

Chats
Michel Lafon, 2008

COMPOSITION : NORD COMPO MULTIMÉDIA
7 RUE DE FIVES - 59650 VILLENEUVE-D'ASCQ

Cet ouvrage a été imprimé en France par
CPI Bussière
à Saint-Amand-Montrond (Cher)
en septembre 2009.
N° d'édition : 100298. - N° d'impression : 91352.
Dépôt légal : octobre 2009.

Collection Points

en terminer avec
aujourd'hui ce "melting
pot" — ça me le fait du
bien, j'espère que ça
ne va pas arriver par
le travers dans tes propres
occupations et préoccupations

et un grand Salut
à la gent Féline, celle
qui t'entoure et celle
que tu écris !

Je t'embrasse
Nina

J'ai bien pensé à toi au
moment du départ de
Jean Mercure et de Joudeli
c'est bon que tu écrives pour
eux —

Il y a du blanc !

beaucoup, beaucoup trop
courts pour apaiser toutes
ces incertitudes et retrouver de l'allant, du ress
intérieur qui me pousse
de l'avant.

Déjà, si le "la la la" pouvait revenir un peu, ce
serait bien. Ça, en huit
jours et une balade, c'est
peut-être possible, oui...

On va se fixer sur ça.
Juste être bien et arriver
à chasser les tension pour
retrouver un petit "la la la".
Ce sera déjà ça !

Je vous embrasse